ちくま文庫

東海道綺譚

時代小説傑作選

細谷正允 編　菊地秀行
京極夏彦　澤田瞳子　永井紗耶子
宮部みゆき　山田風太郎

筑摩書房

目次

江戸珍鬼草子　入江鳩斎・作　菊地秀行・訳　7
柳女　京極夏彦　15
死神の松　澤田瞳子　103
精進池　永井紗耶子　131
ばんば憑き　宮部みゆき　165
ガリヴァー忍法島　山田風太郎　223
解説　細谷正充　298

東海道綺譚

時代小説傑作選

江戸珍鬼草子

入江鳩斎・作
菊地秀行・訳

菊地秀行（きくち・ひでゆき）

千葉県銚子市生まれ。外谷さん愛好家。一九八二年『魔界都市〈新宿〉』でデビュー。『魔界都市ブルース』『魔界医師メフィスト』『吸血鬼ハンター〝D〟』『妖魔戦線』など多数のヒットシリーズを生み出し、ノベルス界に超伝奇小説ブームを巻き起こす。また熱心なシネフィル（映画通）としても知られる。

元禄《げんろく》のとある冬の夕暮れ、早朝から降りつづいた雪で、江戸の町は大きな白い布を被《かぶ》ったように見えた。

この日、日本橋の南詰め西側にある「高札場《こうさつば》」前に、妙な生きものが現われて、人々の眼を引いた。

鼻先から尻まで、ざっと六尺四、五寸（約二メートル）、高さ三尺（約九〇センチ）。茶の剛毛に覆われた四本脚の身体と顔は鹿を思わせるが、角ばかりが空の雲を縦に寝かせたみたいに大きい。

たちまちその周りに人だかりが出来た。みな、どう扱ったらいいかわからず、どこから来たのか、名前は何かと尋ねるわけにもいかない。その正体について、また、誰がいつどうやって連れて来て、ここへ放置したのか、それとも自分でやって来たのか、口々にしゃべくり合ったが、わかりようもない。状況から見て、空中から忽然《こつぜん》と現われたとしか思えないのである。

生きものも、じろじろ見られて動じる風もなく、時折り、前後左右に数歩出てみたり、首をふったりするものの、威嚇する風もなく、誰かが来るのを待っているみたいにその場を離れようとはしない。

　そのうちこいつは橋の東側にある「晒《さら》し場」へ行くつもりだったんじゃねえか？　ちげえねえ、という話になり、物好きな若いのがひとり、近くの商家から縄をひと巻き借りて来て、大きな輪をつくり、生きものの首にかけた。「晒し場」へ連れていくつもりなのである。

　ところが、それまで大人しかった生きものが、いざとなると、脚を踏んばり、首を下げて頑固に抵抗する。たちまち音《ね》を上げた若者は、

「こいつは、女と待ち合わせだぜ」

と喚《わめ》いて、見物人たちの笑いと拍手を浴びた。

　少し前にやんだ雪が、いつの間にかまた降り出して、物見高い江戸の人々もぼちぼちと家路を辿りはじめた。

　そうこうしているうちに、誰かが自身番に知らせたらしく、同心と御用聞きがひとりずつ駆けつけた。

　いつもなら、威丈高に呼ばわり、下手人に縄を打って連行するお上《かみ》の手先も、相手が得体の知れぬ四本脚では、脅しようもなく、力ずくで動かすこともできず、ついに、見物人たちから五、六人を選び、お奉行所まで引ったてる。縄を引けという話になった。

　ところが、大の男が五人、思いきり引っ張っても、野生の生きものの脚力の強いこと

凄いこと。いったん踏ん張ると、梃子《てこ》でも動かない。御用聞きが切った縄で尻を叩いたり、しばらく頑張ってみたが、みなしまいには息を切らせ、汗もびっしょり。この企ても失敗に終わった。

こうなれば、飢えるか凍《こご》えるかして動けなくなるのを待って、担いで運ぶしかないと、同心が決心した頃、奉行所にこれまた奇妙な訪問者があった。

白髪で大兵肥満《だいひょうひまん》の武士が、この寒さに汗を拭き拭きやって来て、門番に何やら話しかけたのである。

これがひどい訛りで、何を言っているのか皆目見当がつかない。門番は居合わせた同心に伝え、同心は与力にと、どんどん騒ぎは大きくなった。これは江戸へ来たばかりの薩摩《さつま》か陸奥《みちのく》の藩士が、藩邸への道を忘れて救いを求めに来たのだろうと、藩邸へ使いをやる一方、奥へ通そうとしたが、なぜかその武士は、いっかなその場を動こうとはせず、前田某という同心が一計を案じて、紙と墨をつけた筆とを手渡すと、武士は筆を大きく寝かせた無様な持ち方で、しかし、さらさらとひとつの絵を描いた。おかしな持ち方ながら、見たもの全員が、その出来栄えに感声《かんせい》を上げたほどの、今にも歩き出しそうな生きものがそこにいた。

それは同じ頃、「高札場」で、人々に思案投げ首を強《し》いていたものであったが、そのときはまだ日本橋から連絡もなく、応対に当たった全員が、こちらも困り果てた。

武士は立派な服装《みなり》をし、腰の大小も見事なものであった。にも拘らず、みな、どことなく間に合わせの衣裳を身につけたような、ちぐはぐな印象を受けた。

しかし、奉行所の人々の眼をいちばん引きつけたのは、武士の鼻から下を覆う真っ白な口髭と鳩尾《みぞおち》のあたりまでのびたそれは見事な顎鬚であった。

後に絵ごころのある同心が、このときの武士を絵に描いたというが、それはいつの間にか失われてしまった。

そのうちに日が落ち、雪もその量を増して来た。

奉行所の人々も門前――武士は門をくぐろうとしなかったという――でのやり取りに疲れ、とりあえず内部《なか》へと武士を導き、一室に通した。

すぐにお茶が出た。このとき、武士はきちんと正座して、無言だが丁重に頭を下げたという。

話を聞いた奉行が訪れたのは、それからしばらく経《た》ってからである。

彼が見たものは、半分ほど残した冷えた茶と、主のいない座布団だけであった。外では雪が吹雪に変わりつつあった。

日本橋でも、人々はこの自然の猛威に我慢できなくなった。あっという間に、見物人は、好奇心もともになくなり、御用聞きも同心も、生きものの首に巻いた縄を高札の軸棒に巻きつけて去った。

その深夜、ある商家の手代が「高札場」の前を通ったとき、何処から来たのかもわからぬ生きものは、わからぬまま、その姿を消していた。恐らく、来たところへ帰ったものだろう。

手代は気がつかなかったが、翌朝、やって来た先夜の同心は、高札の下に丁寧に畳まれた見事な仕立ての武家衣裳と大小、草履一式を認めた。

さらに、吹雪の晩こそ火事が起き易いと、終夜、火の見櫓《やぐら》に昇っていた二人の番人が、西の方へと飛んでいく、雪国の橇《そり》に似た物体を目撃したと、自身番日誌にある。

それは大きな角か耳を持つ四本脚の生きもの数頭に引かれ、真っ赤な頭巾と衣裳をまとった大男が、鞭《むち》をふるっていた。男の顎鬚が、雪まじりの風のせいで肩の方までなびいているのがはっきりと見えた、と番人は記しているが、無論、これは当てにならぬ。

物体が見えなくなっても、鈴の音《ね》に似た音がいつまでも聞こえていたとあるに到っては、何をか云《い》わんやである。

柳《やなぎ》 女《おんな》

京極夏彦

京極夏彦（きょうごく・なつひこ）
一九六三年北海道生まれ。九四年『姑獲鳥の夏』でデビュー。同作を含む〈百鬼夜行〉シリーズで人気を博す。九六年『魍魎の匣』で日本推理作家協会賞（長編部門）を受賞。その後も泉鏡花文学賞、山本周五郎賞、直木三十五賞、柴田錬三郎賞、吉川英治文学賞を受賞。〈巷説百物語〉シリーズ、〈豆腐小僧〉シリーズなど著書多数。

若《わか》き女《おんな》の児《こ》をいだきて
風《かぜ》のはげしき日《ひ》柳《やなぎ》の下《した》を通《とお》りけるに
咽《のど》を枝《えだ》にまかれて死《し》しけるが
其一念柳《そのいちねんやなぎ》にとゞまり
夜《よ》な〳〵出《いで》て口《くち》をしや
恨《うら》めしの柳《やなぎ》やと泣《なき》けるとなん

絵本百物語・桃山人夜話／巻第二・第十二

1

北品川宿《きたしながわしゅく》の入口に、柳屋《やなぎや》という旅籠《はたご》がある。

柳屋は宿場《しゅくば》中でも指折り古い、十代から続く老舗《しにせ》であり、それは大きく立派な旅籠で、場所柄も客筋も良く、大層繁盛していた。

その建物の周りには、岸端でも水辺でもないというのに弱郎《やなぎ》が多く群生《はえ》ており、特に旅籠の中庭、池の端には一際大きな修楊《しゅうよう》が聳《そび》えている。それが柳屋という屋号の由来になっているのである。

高さは大屋根を軽く越え、幹の太さは大人三人でも抱え切れぬ程、古木とはいえ夏ともなれば青青と葉が茂り、それは見事な枝垂《しだれ》柳であった。

何でもその柳、旅籠を建てる前からその地にあったもので、御神木《ごしんぼく》だとか霊木だとか、伐《き》ると祟《たた》るとかいう噂が絶えず、残したものであるという。

実際に、昔のことではあるにしろ、伐り倒そうとして命を落とした者もあるとかないとか伝えられ、姿形も奇ッ怪至極であったから、傷をつけるは疎《おろ》か触《さわ》る者とても、そうそう居なかったようである。

柳屋の建つその土地は、禁忌の土地であったのだ。柳屋は、その忌まわしき伝説の地に、祟り柳を懐に抱え込むようにして建てられた訳である。平たく考えてみるならば、これは愚かなことである。伐るの伐れぬのという前に、普通ならそのような場所で商売《あきない》をしようとは思うまい。

しかし――。

柳屋の創業者は、何を血迷うたものか、将《はた》また魔に魅入《みい》られでもしたものか、どうした訳かその悪所に旅籠を建て、商売《あきない》をせんと一念発起したのだそうである。

何時《いつ》の頃のことなのか、十代前というからにはまだ歩行新宿《かちしんしゅく》もなく、掛茶屋《かけちやや》水茶屋もなく、神君《しんくん》が彼《か》の地品川町を東海道の第一宿と定めて間際のことでもあったろうか。

その創業者――伝えられる名は宗右衛門《そうえもん》、柳に取り憑《つ》かれてしまった物狂いと、その当時は大いに囃《はや》されたそうである。

慥《たし》かにどれだけ立地が良かろうと、それだけ恐ろしげな曰《いわ》く因縁《いんねん》の流布《るふ》したる、祟り柳楊《りゅうよう》の生い繁りたる怪しき場所に、普通なら旅籠は疎か小屋を建てようとも思うまい。

宗右衛門は元は尾張《おわり》の商人であったという。

ふらりと彼《か》の地を訪れて、この祟り柳を目にした途端、すっかり見惚《みと》れてしまったものでもあろうか。

一説に宗右衛門は柳の精に惚《ほ》れたのだ――ともいわれる。事実、宗右衛門は、品川で出合った柳《りゅう》という名の女を娶《めと》り、夫婦で旅籠を始めたのだと伝えられている。

慥かに、古来大樹は善く人に化けるという。特に柳は多く女に化生《けしよう》する。そうした話は本朝に限らず遠く朝鮮唐土《もろこし》でも善く語られることであるという。何よりも、女人に変じて人と契《ちぎ》る柳の話は、浄瑠璃《じようるり》にまでなっている。かの蓮華王院《れんげおういん》、三十三間堂の棟木《むなぎ》に使われた柳もまた、女に化けて人に嫁ぎ、子まで儲けたそうである。

しかし、所詮浄瑠璃は創り出《つくりばなし》である。どれだけ古《いにしえ》のことと雖《いえど》も、昔話や夜語《よがた》りを、頭ごなしに信用するような者はそう居るまい。流言蜚語《りゆうげんひご》には聞くものの、今のご時世真実《ほんとう》に、樹木が人に化けるなど、信ずる者など居りはすまい。妻の名が柳というのも出来過ぎていて信じ難いことではあるだろう。

とはいえ――宗右衛門が妻柳の名は、柳屋代代の菩提寺《ぼだいじ》の過去帳にも記されているのだそうである。仮令《たとえ》その実在は事実としても、それが柳の精であったなら、以降の柳屋の家系は皆、樹木の子孫だということになってしまう訳だし、如何《いか》に林泉《りんせん》の柳聖《りゆうせい》が立派であろうとも、そればかりは信じる者は居らぬだろう。加えて樹木の精が死して後、人として法宇《ほうう》に葬られるというのも得心の行かぬ話である。柳という名は偶然ということか。

兎《と》にも角《かく》にも――柳屋宗右衛門が品川で柳という名の女と添ったことだけは事実だったということだろう。それでも、宗右衛門が祟り柳の生えた地に旅籠を建てたのは、多分彼の者が取り憑かれた所為《せい》でも、妻が柳の精だった所為でもなく、寧《むし》ろ宗右衛門がそうした俗説迷妄を信じぬ類《たぐい》の人物だったからに違いないと――宗右衛門の子孫達は皆、祖先のことをそう理解していたようである。

宗右衛門という人は、慥かに商才に長《た》けた人物だったようである。

何故《なにゆえ》に品川くんだりまで流れて来たものか、その辺りの事情は詳《つまび》らかには伝わらぬものの、尾張では大きな舂米屋《つきごめや》やら煮売屋《にうりや》の店を幾つも持っていたそうで、今でもその店は代を替えて残っているという。

それ程の男であるならば、樹木が祟って禍《わざわい》をなすというような迷信妄信には耳を貸さなんだに違いない。寧ろそうした風評があるが故に、誰も手をつけなかった彼の地をば、二束三文で入手したというのが本当のところだったのやもしれぬ。

創業者宗右衛門は、品川町の宿場としての発展を見越し、元手を抑えて旅籠を建てて、一山当てようと画策したのではあるまいか。そう考えるのが現実的というものだろう。

実際柳屋は宿場の入口、旅籠を営むに当たっては条件的にも申し分ない土地柄である。商売人なら誰でも目をつける。虚妄迷信を廃するならば、たかが大木一本のことで野放図《のほうず》に放り置くことこそ、愚かなことではあっただろう。

畢竟《ひっきょう》、宗右衛門もそう考えたに違いない。

ならば――。

祟り呪いの風評さえも、利用しない手はないと、そうも思うたことだろう。

そう考えてみるならば、ヤレ祟り柳だソレ柳の精の末裔だのというような、愚にもつかない風聞も、可惜《あたら》評判を呼ぶための方便として、宗右衛門自らが流した噂であったのやもしれぬ。悪い噂程速く広まるものである。逆手に取ってしまうなら、良い宣伝にもなったろう。

いずれ真偽の程は知れずとも、旅籠の屋号がその巨柳に因《ちな》んだ命名であることは間違いないし、どうあれ祟り柳の大木を懐に抱く宿屋であったが故に、柳屋が評判を獲《と》ったことも違いはなかろう。

その後、品川宿は宗右衛門が見越した通り、東海道の玄関口として、また江戸の遊楽地として殷賑《いんしん》を極めた。場所柄旅客だけでなく江戸からの遊興客も多かったようで、やがて柳屋は、飯盛女《めしもり》の数も宿場一という立派な旅籠と相成《あいな》った訳である。

何時の頃か——中庭の柳の横には小さな祠《ほこら》が建てられた。

名はないが、柳を祀《まつ》ったものであった。

祟り柳は柳屋の守り柳となったのだ。

祟り神が守り神へと転じた訳だが、この守り神、大層ご利益《りやく》があったようである。

何年何十年経とうとも、枯れるどころか益々葉を繁らせて、柳屋もまた柳の如く長きに亙《わた》り繁盛し続けた。柳見たさに立ち寄る客も、未だ少なからずあるそうである。

柳屋は老舗旅籠として盤石の地位を得たに留まらず、旅籠以外にも質屋、小間物《こまもの》屋、鮨《すし》渡世《とせい》と、次次手広く商売を始めて、いずれも繁盛したのである。

正に柳様様といったところであろうか。

だからこそ、宗右衛門の子孫達は盆暮れ正月、ことあるごとにこの祠に参り、柳を崇《あが》め讃えたのである。それを思えば——宗右衛門の子孫達は自らを柳の精の血を引く者と、敢えて名乗ったのかもしれぬ。

しかし——その祠は、今はない。

取り壊されてしまったのである。

ひと昔程前のことだという。

取り壊したのはこともあろうに宗右衛門の十代後の子孫——今の柳屋主人であるという。

今の柳屋主人、名を吉兵衛《きちべえ》という。

この吉兵衛、中中学もあり、元元庭の祠を信心することに疑問を持っていたらしい。

それが丁度十年前、南品川の千体荒神堂《せんたいこうじんどう》——所謂《いわゆる》品川の荒神さんの講に加わったのを契機《きっかけ》に、すっぱりと信心を切り替えたのだそうである。

半ば流行神《はやりがみ》に気触《かぶ》れたようなものだったやもしれぬ。

「神仏聖人を崇めるならば兎も角も、たかが樹木、しかも嘗《かつ》ては祟るの障《さわ》りがあるのといわれた怪しきモノを奉《たてまつ》るなど以ての外——」

と、吉兵衛は言ったそうである。

そして庭の祠を打ち壊し、三月二十七日の荒神様の大祭の日に、止める家人達の手を振り解《ほど》き、護摩壇《ごまだん》の火にくべてしまったのだという。

吉兵衛は、次に庭の柳自体を伐ると言い出したのだそうである。しかし柳は中庭にある。大屋根を越す巨木であるから、建物を壊さぬ限り伐るに伐れなかったのだといわれる。

その後、吉兵衛は何が納得出来なかったものか、次次と宗旨を変えた。しかし、庭の祠は二度と建て直されることはなかったのであった。

大樹は残った。しかし当主からしてそうなのだから、樹を崇める者どもは、表向きは——絶えてしまったことになる。

これでは折角の守り神も再び祟り神に変じはせぬか、否、柳屋の命運もこれまでだろうと、宿場町には少なからず噂が立ったようである。

だが。

柳屋に然《さ》したる変化は見られなかった。相変わらず客足は絶えず、繁栄に翳《かげ》りは見られなかった。寧ろ商売は益々繁盛したのであった。

思い起こせば、創業者宗右衛門がこの地に旅籠を建てたこと自体が罰《ばち》当たり畏《おそ》れ知らずの行いであったのだろうから、吉兵衛の行いもまた、その血を引いた行いではあったのだろう。所詮言い伝えは言い伝え、何の根拠もない迷信と、誰もがそう思い直したのであった。

以来十年、商売上の支障《さわり》は何もない。今も柳屋は依然として栄えているのである。

ところが——。

それが祟りか否かは別にして、柳屋に禍《わざわい》がまったくなかった訳ではない。

禍は店にではなく、ひっそりと、吉兵衛本人に降りかかっていたのである。

吉兵衛は今年で四十だから、十年前は三十路《みそじ》になったばかりだったことになる。

その頃、吉兵衛には妻と子が居た。

そして祠を壊したのとどうやら同じ頃に、吉兵衛はその子供を亡くしているのである。

事故死だったそうである。

その後、暫《しばら》くして女房も死んだという。

子を失った故の錯乱――自害であったらしい。

噂に依ると――吉兵衛の女房は庭の柳の下で死んでいたそうである。

それから三年後、吉兵衛は後添えを入れた。

ところが、この後妻にはどういう訳か子が出来なかった。

三年経って子なきは去れの言葉通り、後妻は三年後に里に戻されたのだということである。

その翌年、吉兵衛は三人目の妻を迎えた。

今度はやがて子も生まれたが、その子もまた、僅《わず》か三月で死んでしまったというのである。

病死であったという。

三人目の女房は子供を失って狂乱し、そのまま家を走り出て行方不明《ゆくえしれず》になったらしい。

吉兵衛はその後、更に四度目の妻を娶ったが、その女もまた、子供を流して自らも命を落としたのだそうである。

結局、吉兵衛は十年で四人の妻を失い、流れた子を勘定に入れれば、三人の子を失ったことになる。夫婦《めおと》の縁《えにし》に薄かったのだと言ってしまえばそれまでなのだが、この数は幾らなんでも多過ぎるだろう。

考えようによっては、これだけの凶事の連続は、明白な祟り――と捉えられても、一向差し支えのない類のものである。何しろそれは祠を壊したのと期を同じゅうして始まっているのである。しかも壊した本人の身にのみそれは起きているのだ。

それは皆、子孫を絶やしてやろうぞという、柳の意志なのではなかったか——吉兵衛が神木の怒りに触れるような行いをしたために、忌まわしき呪いが発動し、子を殺し妻を殺したのではあるまいか——少しでも迷信を畏れる気持ちがあったなら、そう考えるのが普通ではある。

実際、祟りなのだと言う者も居なかった訳ではないようである。それだけ幾度も不幸が重なれば、仮令火種がなかろうと、煙くらいは立つだろう。良からぬ噂も少なからず囁《ささや》かれはしたようである。もしそうならば吉兵衛が、神信心をあれこれと手当たり次第替えるのも、もしや子や妻の供養のためであるのやもしれぬと、そう言う者もあったのだ。

しかし——。

当の吉兵衛は、神信心こそはしたけれど、漢詩唐詩に精通した智者でもあった所為か、頑としてそのような迷信は信じなかったのである。

「これは偶偶《たまたま》の積み重ねである。そうでないなら己の精進《しょうじん》が足りぬのだ。決して庭の樹木の所為などではないのだ——」

と、吉兵衛は公言して憚《はばか》らなかった。

そうした毅然とした態度は悪い噂を撥《は》ね除けた。

凶事が続いても尚、柳屋の主人は女運がない、子宝に恵まれぬのは哀れだ——と、それは至極世間並みの不幸として扱われたのであった。

しかし、それも商売が上手く行っていた所為だったかもしれぬ。

栄えるものに忤《さから》う者は、矢張り少なかったのである。

2

あら。

おぎんちゃんじゃァない。

矢ッ張りおぎんちゃんだ。久し振りだねェ。

何年振りだろう。

モゥ七年から経つンじゃないかねェ。何しろあの頃は、妾《あたし》もあンたもこんな小娘で——。

え？

齢《とし》のこたァ言わぬが花かい。そうだよねェ。

それより何だいその格好。飴屋《あめや》じゃァないし、何だか派手な着物だねェ。え？　おぎんちゃん、踊り教えてるのかい？　そうなのかい。へェ。あンた、唄も踊りも三味線も、そらァ上手だったからねェ。妾はあンたなら一端《いっぱし》のお師《し》匠さんになると思ってたンだよゥ。

へェ、そうなんだ。え？

まァ色色あったのは一緒さァ。どうだい、一寸《ちょいと》休んで行かないかい。お団子でもご馳走するよゥ。

やだよォ。

何だか懐かしくッて、涙が出ちまった。

ねえ、おぎんちゃん。

本当に——些細《ちっ》とも変わらない。娘ン時のまンまじゃあないか。羨《うらや》ましいねェ。え？　妾かい。

まあ、色色とさァ。

うん。

苦労したサ。

何たって妾はお師匠さんに挨拶もしないで、黙って辞めちゃっただろ——心配した？　本当かい。嬉しいよォ。あン時妾が何より悲しかったのは、あンたと離れ離れになッちまうことだったから。

お父ッつぁんが死んじまったろ。そう。

あれからは悲惨さ。お店《たな》畳んで長屋に越してサ。お稽古も出来なくなッちまったんだよ。

おッ母さんが内職してね。妾もお針子《はりこ》したりして何とかやってたンだけど、借金がさァ。

うン。

結局逃げたの。

お店の方はお父ッつぁんが生きてた頃から左前でねェ。相当に酷《ひど》かったンだよォ。その辺の烏金《からすがね》から手当たり次第、そりゃア沢山借りててねェ。

割り切って身売りでもしてればまだ楽だったのかもしれないよね。今はそう思うよォ。別に女郎だって、そんなに悪いもンじゃないよ。そうだろ?

泥水啜《すす》るような暮らしだったよ。

それでもずっと江戸には居たンだよ。百姓は、しようッたって出来ないじゃないか。おッ母さんは元元江戸の人だもの。そう。だからどっか他の土地に行って暮らすって頭はなかったンだよ。上方に渡る程度胸はなかったし。江戸で駄目なら上方だって駄目だろうさ。何しろ女ばかりの所帯だから。

塵芥《ごみ》溜《た》めみたいなところをね、西へ行ったり東へ逃げたり、辛かった。そのうちさァ。

おッ母さんが病みついちまッたのさ。

それも癆痎《ろうがい》だよ。

養生《ようじょう》させるどころの話じゃないのさ。薬買うは疎か、医者坊《いしゃぼん》に診《み》せることだって出来やしなかった。お飯《まんま》食べさせるだけで精一杯だった。うん。そう。半年保《も》ちゃあしなかったよ。野垂《のた》れ死にだよねェ。妾はおッ母さんの骸《むくろ》と、お父ッつぁんの位牌《いはい》抱えてサ、茫然としたものさ。涙も出やしない。

葬式だって出せやしない。埋めることも出来ないンだから。仕方がないから夜のうちにさ、お寺の前まで何とか運んでね、でも供養頼むったって一文のお金もないのさ。だから置き去りにするよりない。

無縁仏だよォ。

情けなくって、寂しくって、随分泣いた。

うん。お父ッつぁんが死んで、丁度三年くらいだった。だから、妾はもう——二十歳になるかならないかだよ。十分働ける。でも、そんな身許も知れない乞食みたいな娘は、どこも雇ってくれなかったよ。

駄目だったねェ。

その昔は薬問屋の娘でした——なんて、どれだけ言ったところでさ、誰も聞いちゃくれないよォ。本当だって判ったって、昔の話だろ。どうってこたァないのさね。お銭《あし》持ってる訳でもないし、雇ったって何の得もないもんねェ。

ああ、お銭がありゃそんな苦労もしないよねェ。

それでも躰《からだ》売るって考えにはならなかった。

おッ母さんが、神懸けてそれだけは駄目だと、口を酸っぱくして言ってたから。そう。遺言みたいなもンだろう。

そのために自分が躰毀《こわ》してさ。死んじゃったらそれまでなのにさァ。おッ母さんは、自分の命削《けず》ってまでも、妾が身売りするのを嫌がったんだ。

だからね。だからさ。

うん。

別に、どうということはなかったんだけどね。夜鷹《よたか》にでもなれば話は早かったんだけど。

だからさ——。

うん。大丈夫だよ。御免ねェ。久し振りに会ったってのに、こんな辛気臭《しんき》い話ばッかりしてさァ。あンたと唄や踊りのお稽古してた頃が、妾にとっちゃ何より良い思い出なンだよォ。だからさ。

うん。思い出したら湿っぽくなッちまった。

ああ。

結局ね、妾ァ料理渡世の下働きなんかした。

最初は汚い小さい店だったけどね。一所懸命働いたよ。でも長続きはしなかった。旦那がさァ、手を出したのさ。妾に。それで——辞めて。

違うよォ。そういうんじゃない。

まあ、小娘って齢じゃあないからさ。それも仕方がないことさ。そんな齢になってそんな仕事しててサ、男知らないってのもね、通らないじゃないか。幾ら嫁入り前ったッて、嫁に行ける算段なんかないんだしね、そんな綺麗ごとで通る齢じゃないだろ。二十歳過ぎててサ。

そう。

その頃の妾は、モウ大店《おおだな》のお嬢じゃァなくって一膳飯屋の下働きだもの。

でもね、駄目なンだ。駄目だったのさ。

女将《おかみ》さんに追い出されちまッたンだよォ。こっちが良くたって向こうが駄目なんだ。

妾が淫蕩《たらし》込んでると思うンだろうねェ。

悋気《りんき》出しやがるのさ。嫉《や》くんだよォ。

ところがさ、何処《どこ》に行ってもね、すぐにさ、手をつけられるンだよ。早いとこはその日のうちに手ェ出しやがるのさ。躰目当てで雇うとこもあった。拒《こば》めば拒んだで、生意気言うなと責められる。この女《あま》ァ、他に取り柄でもあるのかと怒鳴られてサ。追い出されるのが落ちだ。拒まなきゃいいかッてェと、今度は泥棒猫《どろぼうねこ》と詰《なじ》られて叩き出されるし。

とどの詰まりは辞めさせられる。そんなものだよォ。

中にはさ、囲ってやろうって助平親爺もいたけどね。それは御免だって――まあ未通女《おぼこ》じゃなくなってもさ、躰売ってる訳じゃないって、そんなンなってもまだ思ってた訳さァね。

そう。

流れ流れてね、ここに落ち着いたの。

飯盛女。そう。結局女郎なのさ。飯盛女ってのは要するに宿場女郎だもの。躰開いてなんぼのもンだものさ。可笑《おか》しいよねェ。悲しいよねェ。

でも江戸で夜鷹なんかするよりはマシさ。夜道で袖《そで》引くこともないし、莫蓙《ござ》で寝ることもないし。それに岡場所なんかと違って、宿場暮らしは気楽なもンだから。だって、売られた訳じゃないから。年季がある訳じゃなし。

え？

それにね――。

ふふふ。

それがさ。

うん――。

今は仕合わせサ。

実はね、妾の境遇を聞いてね、豪《えら》く同情してくれた人が居てサ。なんていうのかねェ。

ううん。何だか言い難いねェ。

照れ臭いよう。

身請けというんじゃなくッてね。妾は年季奉公じゃないからさ。

お金だって貯まってるしさ。うん。そういうことさ。

ううん、客じゃないんだ。

そう。実は――旦那様なんだよう。妾の居る旅籠のさ。

そう。え？　玉の輿だって？

嫌だおぎんちゃん、何だか恥ずかしいじゃないか。ヤだよもう。そう。だから妾は、お客はとってないんだよ。

でも、幾ら元は町屋の娘だといっても、飯盛女には違いないじゃないか。色色とね。反対する声も多くって。苦労もしたンだけどね。当たり前じゃないか。妾はもう二十五だもの。でもね――うん。

漸《ようや》く祝言が決まったンだ。三日後なんだよ。

やゝや《ややや》が――出来たからね。

3

世間は狭ェなおぎん――そう言い放ってから、白い帷子《かたびら》を纏《まと》った男は手に持った白木綿《もめん》を手拭《ぬぐ》いの代わりにして、最近剃り上げたばかりの坊主頭をつるりと撫《な》でた。その木綿は、先程まで自《おの》が坊主頭を行者包《ぎょうじやづつ》みにしていたものである。

男は――小股潜《こまたくぐ》りの又市《またいち》である。

「それじゃあ何か。偶偶《たまたま》出ッくわした女がお前《めえ》の幼馴染《なじ》みで、その幼馴染みが流転の果てに向けェの旅籠の飯盛女になっていて、しかもその飯盛女が件《くだん》の吉兵衛の――五番目の嫁に見初《そ》められたって、お前はそう言うのかい」

「そうさ」

そう答えてから、山猫廻《やまねこまわ》しのおぎんは障子をつうと開け、格子に肘を懸けて視線を外に飛ばした。

派手な江戸紫《えどむらさき》の着物に草色の半纏《はんてん》。抜けるように白い肌と切れ長の妖艶な眼――山猫廻しとは大道芸の傀儡師《かいらいし》のことである。

おぎんは眼を細めた。

その位置からは真向かいの旅籠の屋根瓦と、屋根より高い柳の木が見える筈《はず》である。

柳屋の真向かいにある小さな旅籠――三次屋《みよしや》の二階なのである。

「それにしたってサ」

大きな柳じゃないかえ――とおぎんは言った。

話を逸《はぐ》らかすンじゃねえよ――と又市が言う。

「どうする気だよおぎん」

「どうするって、何をさ」

又市は脚半《きゃはん》を解《ほど》き乍《なが》ら続ける。今しがた到着したばかりなのである。

「今回の話の出所はお前だからな。やめるなら――こっちは構わねェよ。銭も返《けえ》すぜ」

「又さんこそ何を言ってるのサ――」

おぎんはそう言って、障子を閉めた。

「――このままにしておける訳がないじゃないか」

三味の音を思わせる声である。

「だってよ」

「だって何だい」

「聞けばその――八重《やえ》さんか？　その八重さんってのは――相当苦労したんだろうによ。長ェこと辛ェ目を見続けて、ようやっと摑んだ仕合わせだって、そういう話なんじゃねェのかい」

「そうさ――」

おぎんは眼を伏せ、白い項《うなじ》を伸ばした。

「――八重ちゃんはね、茅場《かやば》町の薬問屋のお嬢だったンだ。又さんだったら知ってるだろ。ほら――七年前に首吊って死んだ」

「茅場町の薬問屋なァ。七年前《めえ》か――」

又市は人差し指で顎の先を掻き、やがてぽんと手を打った。

「――ん？　そりゃ、あの――旗本奴《やっこ》に難癖つけられて身上潰した、あの須磨屋《すまや》のことじゃあねェか？」

「そうだよ。その須磨屋だよ」

「おウ。それなら聞いてるぜ。あれは災難だったそうだな。ヤレ薬が効かねェの腹が痛ェの、挙げ句の果ては客あしらいが悪いのと、謂《いわ》れのねェネタで強請《ゆす》られて――それでそうかい。そりゃあ、あそこの娘のことかい――」

又市は顔を顰《しか》めて暫く黙り、やがてにやりと笑ってから、声を出さずに肩を揺らした。

「何サ。何が可笑《おか》しいンだよ」

「だってよ。するってェとおぎん、お前はその頃、まだ素ッ堅気の小娘で、大店の箱入り息女《むすめ》とご一緒に習い事してたと、こういうことかい」

そうだよ――おぎんは又市に面を向ける。

切れ長の眼の縁だけがほんのりと朱《あか》い。

「――それがどうしたってのさ」

又市は声を上げて笑った。

「お前に娘時分があったなんてェ話はそもそも笑わせるじゃねェか。泣く子も黙る山猫廻しのおぎん姐《ねえ》さんにも、そんな垢抜《あかぬ》けねェ頃があったのかね」

馬鹿にしてるよゥ——とおぎんは答えた。

「残念乍らあたしは昔ッから垢抜けてましたのさ。それを言うならあどけないとか、初初《ういうい》しいとか、少しはマシに言ったらどうなんだい。垢抜けないとか笑わせるとか、口が減らないにも程があるじゃァないか。この御行《おんぎょう》め」

ふン——と、御行は鼻を鳴らした。

「冗談じゃねェや。口が減らねェのはお前の方だぞ山猫廻し。その、小生意気なことをかます口がなかったらな、奴《やつがれ》も少しはお前の見方を変えてやろうじゃねえか。その、他人を嘗《な》め切った口の利きようは五年や十年で養えるものじゃァねェ。餓鬼の頃からてめえって女は、そうだったのに違いねェ」

「何だい。相変わらず口ばっかり達者で女を見る目がないね。あたしはねェ、そりゃあ可愛らしい、小町と評判をとる娘だったのサ。お八重ちゃんは、丁度あたしのひとつ下でさ。素直ないい娘だったンだよ。踊りの筋も良かったしね。それが——」

おぎんは横を向く。

「まあ——」

又市は白木綿を広げて、矢張り横を向いた。

「——まあ災難ってなァ瀑《にわかあめ》みてェなもんで、突如《いきなり》来やがるもンだからな。避けようたって避けられやしねェのよ。いずれ俺だってお前だって、似たような境遇じゃァねえか。死なずに生きていたんなら、良しとしなけりゃなるまいよ」

「そうだよ。生きてて何よりサ。生きていたからこそ、玉の輿にも乗れたってものサ」

だからその玉の輿だよおぎん——と言って、又市は身を乗り出した。

「まあ——これ程の老舗の主《あるじ》が飯盛女を嫁に取るってこたァ、普通はねえ。慥かに玉の輿だがな」

解ってるよとおぎんは言う。

「何のかんの言ったって、ややが出来た所為なンだろうさ。柳屋はこの十年、偏《ひとえ》に跡取りが居ないことだけが悩みの種だった訳だからねェ。飯盛女だろうが下女だろうが、孕《はら》めば素姓は別だったンだろう」

又市は旅仕度をすっかり解いて胡坐《あぐら》をかき、素姓ってェんなら問題はねェんだろう——と問うた。

「まあ——お八重ちゃんは今でこそ身分の卑しい白ッ首だけど、元を辿りゃあ商家の娘。根っからの遊女でもなけりゃ百姓娘でもないからね」

「そうだろうよ。いや、俺が思うにそのお八重さんは、飯盛女ァ成り立てだろう。吉兵衛は曲がりなりにも旅籠の主だ。手前《てめえ》ンところの飯盛女に手ェつけるにしたって、何年も奉公したような草臥《くたび》れ女郎にゃァつけやしねェよ」

「そりゃそうかもしれないけど」

「そうさ。いいかおぎん。須磨屋が潰れたなァ七年前《めえ》だ。それから三年後にご母堂が亡くなった。ならお八重さんが一人で暮らし始めたなァたった四年前じゃねェか。そのうえご母堂のご遺志を継いで、暫くは身売りする頭ァなかったと言ってたんだろ。夜鷹になる気もなかった。で、江戸から出てもいいねェ。ならきっと、飯盛女になったなァこの品川が――」

「最初だって言うのかい？」

「そうだろ。東海道の最初の宿場ァここだぜ」

「じゃあ――お八重ちゃん、柳屋が初めての」

「そうだろうよ。生娘《きむすめ》だったかどうかは別にしてもよ、客を取るようなこたァ、ここに来るまでしてねェ筈だぜ。吉兵衛は多分――八重さんを採る時に目ェつけたのに違いねェ」

「つまり――飯盛女に採ると言っておいて、半ば囲ったようなものだと？」

そうに決まってらァと又市は言った。

「てめえが惚れて雇ったンなら他の男に抱かせやしねェよ。八重さんの客ってなァ思うに吉兵衛だけなんだろう。なら何の支障もねェことよ。しかしおぎん。だからこそ俺は心配してるンじゃねェか。慥かに八重さんは今仕合わせだろう。でもお前がその、おもんとかいう女郎から聞いた話が本当なら――」

とんでもねェことになるぞと言って、御行は真顔でおぎんを見据えた。

「おもんの話が真実なら――」

「あの人は——」

　おもんさんは嘘吐《つ》いちゃいないサ——とおぎんは少しだけ声を荒げた。

「——おもんさんの言葉は本当だ。あの人は——地獄を見たんだよ。信じられない思いをしたのさ。ただ、それでもあの人にはあの人自身の身に起こったことしか判らないよ。それが真実かどうかは——判じられるもンじゃないだろうさ。それはそうなンだろうけれどね」

　お前はどう思うよ——又市は身を低くした。

「吉兵衛って男は——」

「おもんさんの言う通りの人間だろうサ。そんなこたァ——然然《そうそう》出来ることじゃないだろ」

「でも証拠《あかし》がねェ——そういうことだな」

「それを見つけに来たンじゃないか」

　だからよ——又市は一層身を低くとった。

「見つけるには時が要ると言ってるんだよ。一方祝言まではもう三日しかねェ。俺が言ってるなァそういうことだ。時が足りねェんだよ。吉兵衛の野郎がおもんさんの言う通りの男だとしてもだぜ、そうなら簡単に尻尾ォ出しゃあしねェだろ。だからといって——真偽の知れねえことを、これから嫁ごうてェ花嫁に報せる訳にも行くめェよ」

「そんなこと——もし本当だったとしたって、信じるもンはいないよ又さん。そんな奴ァ普通に考えりゃ居る訳ないじゃないのさ。信じないなら言うだけ無駄さァね。そりゃあただの嫌がらせじゃァないか」

「それはそうだが——じゃあどうする。何も告げずに嫁入りを諦めさせるか？　まあ、真実かどうかは別にして、危険を避けるつもりならそれが一番だ。何なら——俺が双方角の立たねェように、縁組破談にしてやるぞ——」

この又市という男、格好こそ僧形の札撒き御行ではあるけれど、舌先三寸口八丁、口から先に生まれて来たような小悪党なのである。欺《だま》す賺《すか》す騙《かた》る謀《たばか》るはお手のもの、それ故に、小股潜りの異名を持っているのである。縁切り仲人口は得手中の得手。慥かにこの男なら、女一人言い包《くる》めるのも、縁組を破談に持ち込むことも朝飯前のことだろう。

「——添っちまってからじゃ遅《おせ》ェだろう。祝言の前になンとかしなくちゃなるめェよ。なァにそれならば簡単だ。仕掛けも罠も要らねェぜ——」

駄目だよそれじゃあ——とおぎんは言った。

「駄目とはなんだ」

「だッてお腹《なか》の子はどうするっていうのさ」

「どうするって」

「子供に罪はないだろうよ。折角《せっかく》授かったものを堕ろせというなァ非道《ひどう》じゃないか。かといって、女一人で放り出されちゃあ路頭に迷う。赤子おぶって客引く訳にも行くまいよ。そのくらいのこたァ又さん、あんただって承知のことだろうに」

おぎんは細い頸《くび》を傾げて又市を見据えた。

又市は訝《いぶか》しそうな顔をする。

「だってそれじゃあ千日手だ。関わらねェ方がマシってことじゃねえのか、オイおぎん。だから俺は最初《はな》ッから、この度は引こうか、と言ってるんだよ」

「何だい。いつもの又さんらしくないね。考えるまでもないことじゃないか――」

おぎんはぴしゃりと言ってのける。

「――お八重ちゃんには仕合わせになって貰うのサ。それでおもんさんの頼みも果たすンだ。それでこそ小股潜りの本領発揮じゃないのかえ――」

山猫廻しは更にきつい口調で続けた。

「――あちら立てればこちらは立たず、だから両方立ちませんなンて野暮天《やぼてん》な能書きは、酒屋の小僧にだって言えることじゃないのさ。立たぬ双方立ててこその小股潜りだろ。そのために大枚叩《はた》いてるンじゃないか。出した分は働いておくれ」

煩瑣《うるせ》ェな、口の減らねェのはどっちだよ――と、又市はぼやいて、自《おの》が頭に木綿を器用に巻いた。それから脇に置いてあった偈箱《げばこ》を引き寄せて首へと掛け、大儀そうに立ち上がった。

「どこ行くのさ」

「仕方がねェじゃねえか。一寸《ちょいと》この界隈で商売して来らァな。幸い考物《かんがえもの》の先生もまだ到着してねェようだしな。どうであれ――仕掛けるにしてもあれこれと仕込みが要るだろう。まずは檀那寺《だんなでら》へと挨拶に参り、その辺り一回りして、この有り難い、霊験《れいげん》あらたかなお札でも撒いて参りやしょう――」

そう言って又市は、偈箱の中から化け物の絵を刷った札を一枚取り出して、宙に放った。

4

あれは祟りだ。
祟りに違いなかろ。
あれを祟りと言わずして何を祟りと言うか。
そりゃ柳の祟りに決まってるじゃろ。
うんにゃ、祟るってより、怒ったのかもしンねえな。
酷《ひで》ェ扱い受けてよ、柳も肚《はら》を立てたんだよ。
樹は祟ろうぞ。おう祟るともさ。
信じてないな。
儂《わし》は信州の生まれなんだがな、あんな田舎にも祟る樹は沢山あったわい。
あったさ。そんなの何処にでもあるわ。
儂の生まれ在所《ざいしょ》のな、大熊《おおくま》ちゅう処にもな、飯盛《いいもり》松ちゅう松があってなぁ。
立派な松じゃけれど、こう、枝振りが飯を盛ったように見えるんじゃな。
綺麗な松じゃったよ。

その昔、源頼朝公《みなもとのよりとも》がその前を通りかかった際にな、この飯盛松に月が懸《か》かるのを御覧になって、あまりの美しさに褒め称えたという申し伝えも残っておる程の由緒正しい松じゃった。この松の葉をな、飯に炊き込むと、炊き損じることがないともいわれてな、儂のところでも入れていたねえ。

懐かしいのう。

この飯盛松をな、伐ろうとした者が居った。儂の子供の頃のことじゃったけどな。こう、斧を打ち入れたらな、途端に血が噴き出したってェんだな。樵《きこり》は驚いたさ。すると傷口から蛇が一匹這《は》い出て来て、樵に襲いかかって来たそうじゃや。

え？

儂は見てないさ。儂は樵じゃないから。でもその樵のことは知ってる。そいつはその後本当に死んじまったし、飯盛松には傷がついていて、そこには黒い血の固まったのがずっと残っておったからな。

そういうことはあるもんじゃ。

樹だって生きておるんだからな。

歳月を経りゃ色色と障《さわ》りも為すわい。

あの柳屋の柳はな——お前さん見たか？　うん、そりゃ見るわな。宿場に入りゃ嫌でも見えるものな。あれは立派なものじゃろう。

儂もこの齢になるまであんな柳は見たことがないわい。

飯盛松なんかよりずっとでかい。つまり古いんだな。

飯盛松程度でもそんな霊威を成すんじゃよ。あれだけ大きいんだから、そりゃあ畏《おそ》ろしい力を示すじゃろと、儂なんかは思うがね。

ん？

いや、悪いことばかりじゃなかろうよ。

人だってそうじゃないかね。誰だって良くされりゃ恩も感じるし、恩を知りゃ恩返しもしよう。反対に辛くあたれば恨みも持つし、そうなりゃ仕返しもしよう。尤《もっと》も人の場合は恩を仇で返すってこともあるがな。動物や樹木はそんな道に外れたことはせん。

だから大事にすりゃいいこともあるわい。

粗末にすれば祟りもするな。

祟るんだ大樹は。

だってありゃあんた、あの大きさだもの。

ただでさえ祟り柳って評判の柳だったんじゃよ。樹齢数百年、いや千年にもなんなんとする国一番の柳だからなあ。飯盛松じゃねェが、伐れば血が出る、倒そうとすれば必ず祟るといわれていたそうじゃよ。手ェ出して死んだ者もおったそうじゃ。それが禍《わざわい》を呼んだなら、そりゃあ畏ろしいことにもなろう。

そう。そうさ。あそこは元元、人の棲《す》む場所じゃねェもの。

おう。柳の場所じゃよ。柳屋は、そこに無理矢理旅籠建てた訳だろ。つまり間借りしてるようなものだわいな。借りてるならば礼は尽くさなきゃなるまいよ。それが筋だろ。何もなくったってよう、感謝して、慈《いつく》しんで、大事にするのが当たり前じゃないか。そうだろ。

え？

だってお前さん、あの吉兵衛は、ものの理屈は判る癖にそういう道理だけはまるで弁《わきま》えないんだな。樹木の神性というものをまるで信じてないのじゃ。木は木だ。木を伐るのが怖いんじゃ家も建てられないし、杓子《しやくし》も削《けず》れないと、こういう訳だ。

まあ、それも道理といえば道理なんだがな。何だかんだいって、儂等は木ィ伐って家を建てとるんだし、薪《たきぎ》にくべて煮炊きをしておるわい。でもなお前さん、それもな、気持ちの問題じゃろ？

そう。気持ちの問題よ。

山川草木《さんせんそうぼく》どんなものにも仏性《ぶつしよう》はあると、伝教様《でんぎよう》も仰《おつしや》っておるわい。だから、木なんてどうでもいいちゅうのは思い上がりってものじゃろ。有り難いと思いこそすれ、粗末にしていいちゅうもんじゃねェじゃろうて。樹木があるからこそ家も建てられる、煮炊きも出来れば汁も掬《すく》えると、こう思うのが真っ当な者じゃ。

十年前、柳の祠を壊した時だってな——。

そりゃにべもない有様だったと聞くな。

それでもなあ、何かこう、信心でもあったてンなら話は別よ。阿弥陀様でも観音様でも信心してて、だから柳なんか崇められんというならな、仮令《たとえ》柳が祟っても、念じておる神仏が護ってくれるじゃろうて。そりゃ、神さん仏さんは、有り難いものじゃからなあ。信心して悪いことはないじゃろ。

その信心を貫くために木を伐ったとか、祠を廃したとかいうならまだ判るンよ。儂にも。

え？

違う違う。

そんな、荒神様の信心なんて上辺《うわべ》だけじゃ。

気の迷いだったンかな。半年も保《も》ちゃせんかったと思うぞ。

そう。すぐにやめちまった。

だからよォ、あんな半端な信心したんじゃ、却って悪いことがあるわい。

儂はそう言うとるのよ。

大体、先祖代代の菩提寺がちゃんとあるってェのに、何だって隣の町の寺の講になんか入るよ。本当の信心があればそんなことはしないわい。

儂はな、童《わらし》の頃から吉兵衛という男を善く知っておるんよ。先代と違うて吉兵衛はな、外面はいいし商売上手なんじゃが——結局無信心なんじゃ。

無信心じゃて。

妙な智恵はあるんじゃ。それが邪魔するんかいなぁ。

信心は理屈じゃないじゃろう。

信心する気はあるようだがな。所詮は理詰めじゃどうもならんて。

オウ。そうじゃ。その通りじゃ。色色と拝んでいたようじゃなあ。

なあに、吉兵衛はな、商売でやっておるだけなんじゃよ。荒神講抜けた後もあれこれ宗旨を変えとるようじゃが、どれもご利益《りやく》目当てなんじゃ。ご利益ちゅうても吉兵衛の場合は気持ちの問題じゃないからね。目に見えるご利益よ。銭金だな。

信心と申すものはそういうものじゃあンめえ。

金が欲しいと祈る訳じゃないんじゃよ。それもあるのかもしれんがな。

それだけじゃあないのだ。どうやらなあ。

あの亭主、この頃じゃあ江戸の流行神《はやりがみ》に次次気触《かぶ》れてるようなんだがな。そりゃ節操がない程だが——どうも肚の底から信じてる訳じゃないようなんじゃよ。

あれは、客引きも兼ねている訳だ。

庚申講だの大黒講だの入るだろ。それで、暫く信心する格好をして、講仲間と親しくなってな、それからぞろぞろと講仲間を自分の店に引き連れて来て、金を落とさせるンだ。

なァに遠くじゃねえや。ここは品川だかンな。

江戸からは近い。それに下手な場所より賑やかだろう、この辺は。でもな、江戸から遊びに来る奴ァ大抵歩行新宿《かちしんしゅく》に行くだろ。それをよ、上手いこと自分の処に呼び込んでな、遊ばせる訳だよ。

ま、それも悪いこっちゃねえ。

いや、あの亭主はな、悪い男じゃねぇんだわい。寧ろ気立てはいいわさ。優男《やさおとこ》だしな、親切で人もいいよ。評判はいいんじゃな。商売にも熱心だ。まあそれは少少熱心過ぎるくらいだろうがな。

守銭奴《しゅせんど》？　いや、そう吝嗇《けち》って訳じゃないようだがなあ。金儲けが好きというより、真面目なのかもしれんわい。真面目な童だったからな。代代繁盛してる柳屋の十代目として、責任を感じとるちゅうのはあるのかもしれん。なら哀れじゃな。

それでも無信心は無信心よ。

信心が足りなきゃ祟られもするわい。

仮令《たとえ》本人に悪気はなかろうと、銭勘定をば念頭においた信心じゃあ、却って悪いわな。

それも流行神《はやりがみ》ばかりだろ？　護っちゃくれないわい。相手は樹齢千年だ。そんなだからさ。

そう。人間畏れを失っちゃ駄目さ。

神でも仏でも、庭の大木でも何でもいいのさ。本気で畏れ崇めてれば、謙虚な気持ちになるじゃろ。それが大事なんじゃ。神仏も信じない、木は伐ってしまえ――ってンじゃ、幾ら人が良くたって、何かに祟られたって仕方ないな。

祟りなんだって。

え？

いや、だから儂も何度か意見したんじゃ。

そんな訳の判らん神信心するくらいなら、庭のご神木にお神酒《みき》のひとつもあげてみろって。

聞きやしないさ。

意地になっとる。

だから子供が死ぬ。女房が居つかない。

あのな、吉兵衛の最初の子供な、慥か信坊というたと思ったな。あれ、可愛い男の子だったがな。

あの子はな――。

うん。哀れなことだ。

あの子は柳が殺したんだ。

いや、その通りの話だよ。柳が殺した。

あの子はね、あの中庭で、しかも子守女の背中で死んだんだ。首が据わったばかりの頃だった。

こう、おぶってあやすだろ。その日は中中寝ついてくれなくて、子守女は中庭に出て、子守歌唄い乍ら寝かしつけていたんだそうだ。

風が吹いたんだそうだ。

ふわっとな。

で、泣いていた子が静かになった。

やっと寝てくれたと思ったんだそうだよ。

でな、蒲団に寝かそうと、こう歩き出す。するとな、こう引っ張られるような感じがする。

妙だと思って振り向くとな、枝垂柳の長い枝が一本、背中に引っ掛かっていたんだそうだよ。

何だと思ってこう振り払うな。

取れないいんじゃと。

何度払っても取れない。

摑んで強く引くと、
背中でぐう、という。

はっと気づいてな、ねんねこを脱いでよ、子供を下ろすとな。

そう。

柳の枝が、幾重にも子供の頸に巻きついていたんだそうだ。

風に乗って巻きついて来たんだ。

赤ん坊はそれで頸絞められて声が出なかったんだな。

そうよ。

子供は柳に縊《くび》り殺されたんだよ。

子守の下女は半狂乱だ。女房の——お徳さんといったな。お徳さんも、もう取り乱してな。

儂も行ったがな、もう、見ているこっちが悲しくなった。

結局下女は居なくなって、お徳さんは柳の木の下の、丁度祠のあった場所で、胸突いて死んだ。

余程悲しかったんだろうな。

吉兵衛は腑抜《ふぬ》けみたいになった。

下女？

ああ、子守してた下女か。あれはその後、浜に打ち上げられた。身投げしたんだな。

祟りだろうさ。

これを祟りと言わずして何を祟りと言うか。

柳の枝が巻きついて赤ん坊の頸絞めるなんて。

おお、恐ろしい。

でもな、吉兵衛は一向に柳を大事にしようとしないんだな。

儂も、それから他の旅籠の者もな、皆で幾度も諭《さと》したンだが、駄目じゃったな。まあ、子供と女房を殺した柳だから、仕様がないかとも思ったさ。最初はな。怨んでいるからないがしろにするのかとな。女房子の怨敵《かたき》拝むのもどうかとよ。でも違うんだよ。そんなこたァあいつは微塵も考えちゃいねェ。吉兵衛はな――。

あれは不幸な――事故だと言うのさ。

まあ、事故は事故だが。屋根から落ちたの犬に嚙《か》まれたのちゅうのとは違うじゃろ？　違うわい。でも吉兵衛の奴は同じだと言うのじゃな。そうとでも思わにゃ遣り切れなかったのかもしれんがな。それでもな。

その後もなあ――。

5

祟り?

祟りじゃァないでしょうよ。

ええ。祟りというか、寧ろ遺恨でしょうかねェ。

はァ?

柳の祟り?

そういうのはねェ。どうなんでしょう。

海老屋《えびや》の与吉《よきち》さんがそう言ったンですか。そうねェ。お年寄りは皆さんそう仰《おつしや》いますよ。でもそりゃァ、ねえ。この辺は皆、あそこのお寺の檀家で御座居ましょ。あそこの和尚様がそう仰るンですよ。だから言うンで御座居ましょ。

あれねェ。私はね、吉兵衛さんとは幼馴染みで御座居ますから、その辺りの事情は善く存じております のさ。

順序が違うンですよ。順序が。

忘れてるンで御座居ましょう。

まあお年寄りで御座居ますから、それも仕様がないことなんでしょうけどね。何しろ十年といえばひと昔。与吉さんなんかあのお齢ですからねェ。去年のことだって覚束《おぼつか》ないンじゃ御座ンせんか。何か思い込みがおありになるのかもしれませんしねェ。

吉兵衛さんが柳の祠を壊したのは、信坊が亡くなった後のことなんで御座居ます。

はいな。

信坊が亡くなったのは秋口で御座居ましたから。だってまだ柳の枝が青かったンで御座居ますから、間違いは御座居ませんよ。

はい。柳の枝が頸に絡《から》んで亡くなったのは本当ですよ。私、飛んで駆けつけたんで御座居ます。信坊の頸には柳の葉がまだついておりましたもの。

痛痛しい。

不幸な事故で御座ンすよ。

はい、事故で。

吉兵衛さんがね、祠を壊したのは翌年の春で御座居ますよ。だって、荒神さんのお祭りの護摩の火で燃やしたんで御座居ますから。千体荒神堂の大祭は三月にやるンです。あそこは荒神鎮めに加えて火伏《ひぶ》せのご利益がありますでしょう。竈《かまど》の神様で御座居ますからね、あたし等客商売なら信心したって、何も怪訝《おか》しいこたァありませんよ。

ええ。

荒神講は今も大層な賑《にぎわ》い振りで御座ンすよ。

はいな。だから理由はあるンで御座居ますよ。

吉兵衛さんは決して無信心な訳じゃないンですよ。

順番違えるから妙な具合に思えるンですよ。

ですからね、まず、信坊のことが先にあったンです。吉兵衛さん、そりゃあもう狂ったように泣いてましたよ。

あれは子煩悩《こぼんのう》な男で御座ンすから。大層可愛がっておりましたしね。

何たって最初の子で御座居ましょ。吉兵衛さん縁談が中中纏まらずに、身を固めたのが三十過ぎでしたから。

立派な跡取りが出来たって、吉兵衛さんそりゃ大喜びでしたからねェ。目ン中入れても痛くないってそんな感じでねェ。ですから悲しみもひとしおで。

私も貰い泣きしましたよう。

いずれにしてもそれが先です。それでその後、お徳さんが祠の前で胸突いて亡くなった。

ええ。祠の跡じゃなくて祠の前ですよ。信坊が死んで――何だかんだあって、そう、お葬式の前ですからね。祠はまだありましたよ。祠に血が飛び散ってたのを覚えてますから、これは間違いないです。

子守の下女はその日のうちに身ィ投げちまった。

土左衛門が浜で見つかったのは、結構後のことで御座ンすけどね。それで――すっかり吉兵衛さん頭に来ちまったんですよ。

え？　そりゃ柳に肚ァ立てたンですよ。だって普通そう思うじゃありませんか。

子供死んだのは柳の所為で御座ンしょう。それを気に病んで女房も、下女までも死んじまッた。

凡《すべ》ての不幸の元凶は柳で御座ンしょう。

朝晩お神酒《みき》上げて、盆暮れ正月にご馳走上げて、そんなに崇め奉って、その挙げ句がこの仕打ちですから。頭にも来ましょう。恩を仇で返すとか気持ちの問題とか、そういう話じゃアないですよ。

そういうのを信じてしまっちゃ、説明がつきませんでしょ。

だってあなた、先祖代代何事もなくて、突如《いきなり》不幸なことが起きたンです。柳のご利益とか祟りとか、そういうの信じちまッちゃあ、どうしてそんな禍《わざわい》が我が身に振りかかったのか説明がつかない。

それにね、女房子殺した柳の木をね、有り難く拝めったって、そりゃ無理な話ですよ、実際。え？　与吉さんもそう言ってた？　そりゃそうですよ。当たり前のことですよ。可愛い子供の頸絞めた柳ですよ。しかも祠には女房の血の痕が残ってる訳で御座ンしょう。

でね、吉兵衛さんはその正月に、祠に参るのをやめた。家人にも禁じた。勿論忌中で御座ンすしね、そりゃ当然で御座居ますよ。

そうで御座ンしょ？

はい。

何が悲しくッて妻子の怨敵《かたき》に手を合わせにゃならんのですか。そうでしょうよ。そんな馬鹿は居りませんよ。それでもね、周囲の年寄り連中は、柳様の祟りだ、もっと大事にしないと更に悪いことがあると脅かす訳ですよ。それで吉兵衛さんはね、どうにもこうにも遣り切れなくって、それでもって人伝てに聞いた、評判の荒神講に入ったんですよ。

それでね、祠壊して護摩にくべちまッた。相当に怒ってたんですよ。恨んでもいた。お徳さんの血痕は洗っても洗っても取れなかったンです。ですからね、吉兵衛さん、祠見る度に思い出すンですよ。辛い想いをね。ですからね――。

でも、柳は残ってる訳でしょう。厭ですよ。子供の頸絞めた木ですからね。いっそ忌まわしい木も伐ってしまおうと。ところがそれは無理だった。

それからもね、どんなに懸命に信心しても、その悔しい想いは拭えなかったようで御座ンすよォ。

それでね、吉兵衛さんは次次信心を変えた。

そうですよ。

だから順番が逆なんですよ。

信心変えたから祟られたンじゃない。柳を粗末にしたから祟られた訳でもないンです。最初に事故があって、吉兵衛さんはその結果信心を変えた訳ですしね、その結果柳を恨んだんですよ。

お解りですか。

それからして柳の祟りだと言ってしまえばそれまでですがね。そうなら、どうして何百年も黙って立ってただけの柳が急に祟り始めたんですか?

怪訝《おか》しいじゃないですか。

祟りだとする方がずっと妙で御座ンしょう。

いやね、先祖代代祟られてたッてェなら、これは話が解りますよ。しかしねェ、初代の宗右衛門さんからして何の祟りも受けないでいて、以降代代ずっと大丈夫で、十代目にして祟られるってのは、得心が行きませんでしょう。

私だって変だと思う。

ですから、どれだけ不幸が続こうと、そりゃ柳の祟りなんかじゃない。そう思うよりないでしょう。私が思うに、吉兵衛さんの恨みでね、柳の方が枯れちまったっていいくらいなンですよ。

だって。

その後も、その十年前の事件がね、ずっと後引いてる訳ですから。

そう。そうなんですよ。仰る通りで御座居ますよう。ですからね、この十年間、吉兵衛さん不幸続きで御座ンしょう。何を信心したってね、いいことなんざありゃしない。宗旨替えもしたくなる。

はいな。

最初の後添えのお喜美さんも、次のおもんさんもその次のお澄さんもね、どなたも――結局ね。

そう。吉兵衛さんはその後、もう後添えは貰わないと、そりゃ頑《かたく》なでしてねェ。でもほら。跡取りのことが御座ンしょう。

周囲《まわり》はかなり執拗《しつこ》く勧めたンです。

それでお喜美さんとね、添ったンですけどね。

ええ。

その辺はさっぱりしたお方でしたよ。吉兵衛さんはね。ほら、姿もいいでしょう。物ごとは解ってるし、そんな理不尽な我が儘《まま》は言いませんやね。後妻を入れる以上は、決然《きっぱり》と昔のことは忘れて遣り直すって言ってましたね。

私も安心したんですけど。

それがあなた。

はい。子供が出来なかった。

いや、夫婦仲は良かったですよ。そんな、子が出来ないからって苛《いじ》めるような姑《しゅうとこじゅうと》小姑はいませんでしたしねェ。親戚連中も別に、そう焦《あせ》っていた訳でもないですよ。だってあなた、その頃吉兵衛さんはまだ三十三四でしょう。お喜美さんだって二十二三ですよ。子供なんて、その先まだ幾らでも出来ましょうよ。五十六十ってェなら話は別だが。

はいはい。

いや、上手くやってましたよ。慥か、そうそう、無理に作ることもない、養子でも取ろうかって話になってたようにも思いますけどね。

突然ですよ。突然。

お喜美さん、実家に帰っちゃった。

戻されたンじゃない、逃げちゃったンですよ。

理由なんて解りませんよ。何かが怖いってね。

そう、怖いって。

親類が何度か連れ戻しに行って。それでも怖がって戻らないンですよ。一度か二度は連れて帰って来たと思いますけどね。結局帰ってしまって。

ええ。

多分——吉兵衛さんは何も言いませんでしたけどね、後のこと考えると——はい。逃げて正解だったように思いますねえ。おもんさんやお澄さんなんかはやられちまった訳ですからね。

え？　ですから。

出るンですよ、きっと。

これです。これ。

幽霊ですよ。お徳さんの。

何たって柳の下ですからね。いや、冗談じゃないンですよ。啜り泣きの声とかが、聞こえるっていう噂は、少し前にもね、まま聞いたことですし。

そう。

だから言いましたでしょ。

柳の祟りなんかじゃないンですよ。

祟ってるならお徳さんです。子供が死んで仕合わせ摑み損ねたその遺恨が残ってて、出るんですよ。

はい。そうでしょう。

後添えに嫉妬するのかもしれませんな。

だって、ほら、自分の叶わなかったことをね。そう。亭主に対しても未練があるのかもしれませんしねえ。

惜かにお徳さんは可哀想《かわいそう》で御座ンすがね。

それにしたって恐ろしゅう御座居ますな、女子《おなご》の執念と申しますのはねェ。お互い気をつけなくっちゃいけませんなあ。

はいな。

だって、柳が祟ってるなら、先《ま》ず店を潰しましょうよ。

普通そうでしょうよ。それがあなた、柳屋さんは大繁盛ですよ。あんなに栄えてるじゃァありませんか。そんな半端な祟りはないでしょうよ。禍禍《まがまが》しいことは凡て吉兵衛さんひとりの身に降りかかってる訳でしょ。いや、吉兵衛さんというより、その女房、更にはお子さんの身に降りかかる。

三度目のね、おもんさん。あの人だって、相当怖い目に遭ってるンです。子供さんは、あの子は庄太郎――庄坊といいましたけど、生後僅《わず》か三月で亡くなった。原因不明だと聞いてます。おもんさんはその後十日かそこらくらいは床に臥《ふ》していたようですがね、結局は家飛び出して行方が判らなくなッちまった。それもただ家出したンじゃない。泣き喚《わめ》き乍らそこの街道を裸足で走ってねェ。驚きましたよ。

気が狂《ふ》れちまったンですねェ。

尋常じゃあない。

それっきりですよ、おもんさんは。

お澄さんだってね。

もう、四度目ですからね。私等も心配したンですけどね。まあ吉兵衛さんは優しい人で、お澄さんも暫くは仕合わせそうでした。すぐにお腹がこう大きくなって、吉兵衛さんは嬉しそうでしたよ。

ええ。子煩悩なんですよ。

好きなんでしょう子供が。私なんざ、また出来たのか、面倒臭いと思ってしまいますがね、あの人は違ってて、孕み女には親切ですよ。もう、上げ膳据え膳で、商売そっち退けで面倒見ますから。

でもねえ。

ある日突然ですよ。

ぷっつりとお澄さんの姿が見えなくなって。

もう生まれても良い頃だとね、そう思ってましたから、こりゃきっと里に帰って産んでるのかなとか、そんな風に思ってたンですがね。

ところが。

それまではねェ、お澄さん、どこか躰が悪いとかいう話は聞かなかったンですがね。

はい。

子供流して、お澄さんも死んじまった。

祝い事の筈が弔い事です。

これには私も驚きましたねえ。はい。こりゃ間違いなくお徳さんの遺恨の所為ですよ。

許さないンですよ、お徳さん。吉兵衛さんが子宝に恵まれて——仕合わせになるのを。

呪いですよ。呪い。

だからねェ——吉兵衛さん、だからこそ色ンな神仏に頼ったンですよ。仕方がないじゃないですか。責めるこたァ誰にも出来ませんよ。

柳なんて関係ないでしょう。

関係ありませんや。

そうですよ。

ですからねえ。私は心配してるンですよ。

そうそう。今度の縁談ですよ。あのお八重さんですか？　あの人もねえ。

いいえ、身分のことじゃないンですよ。見たところ気立ても良さそうだし、中中の別嬪《べっぴん》ですしね。聞いたところに依りゃあ、あの娘さん元元は江戸のなんとかいう大きなお店の一人娘だったとかいうじゃありませんか。

はい、聞いてます。

え？

あなた、お前さんはお八重さんの？

お父ッつぁんに昔世話になったお方なんで？

はあ、それで――。

いや、それで判りましたよ。どうしてこんなこと根掘り葉掘り尋《き》くのかと思いましてね。そうですか。はあ――はあ、七年間も？　行方を捜してらした。ははァ。そうなんですか。それじゃあねえ。あの女《ひと》も苦労されてるンでしょうなあ。はい。はい、そうですよ。

そりゃあご心配でしょうな。

いや、飯盛女ったって、実際には客なんか取ってないですよ。

そう、あたしが保証しますよ。

はいな。ありゃ最初から嫁に娶る気で雇ったんですな。

そうです。そう。ご明察です。私の見るところ、あのお八重さんという人は、お徳さんに面差しが少ォし似てますな。はあ。そんな気がしますねえ。ですからね、口入れ屋が連れて来た時からね、吉兵衛さんは――。

はいはい。

でもねえ。

ええ。どうやらその、もう——出来てるようで御座ンしょう。

は？　いや、その、はあ、子供で御座ンすよ。やや。

お八重さん、もうお腹にややがいるようなんで御座ンすよ。

そうなんで御座居ますよ。吉兵衛さんも言ってましたからね。子供でも出来たら祝言を挙げようと思うって。ええ。吉兵衛さんが。

はいな。もう祝言は明後日で御座ンすよ。

でもほら、今申し上げたような具合ですからねェ。事情知ってる私なんかは心配してるンですよ。また前の二の舞い三の舞いにならないかって。勿論、喜んでる吉兵衛さんに面と向かっちゃ言えませんけどね。

言えませんよ。今度もまた、妻子諸共取り殺されるンじゃないか、なんて。

言えないでしょ。

え？

お喜美さん——ですか？　二番目の？

お喜美さんは——まだ生きてますよ。はあ、別にどうにもなっちゃいないでしょう。里に帰っただけの筈です。子供が出来なかったのが幸いしたんですな。慥か、大井の方の小間物屋の後妻に入ったとか——。

6

柳屋吉兵衛と八重の祝言は、盛大且つ粛粛《しゆくしゆく》と、何《なに》滞《とどこお》ることなく行われた。

懸念されていた親類筋との若干《じやつかん》の揉め事――八重の素姓を巡る紛糾《いざこざ》――も、八重の昔を知るという男が現れたお蔭で取り敢えず丸く収まり、表向きは何の支障もなく、祝いの宴は実に穏やかに執り行われたのであった。

親類筋が気にしていた原因は、八重が下賤な職に就いていたことでも主従の婚礼は外聞が悪いとかいうことでもなく、偏《ひとえ》に吉兵衛が欺《あざむ》かれているのではないかという懸念だった。仮令《たとえ》下賤の者であろうとも、柳屋だとて所詮は町人、侍身分でもあるまいし、気にするまでには及ぶまい。しかしもし八重が柳屋の身代を狙った悪党であったなら――。

これは話が別である。

八重がただの宿場女郎であったなら、親類筋もこれ程慎重にはならなかったのだろう。子を生《な》したということもある。女郎芸者の類であれば、金を払って身請けすれば済むことである。しかし八重は女郎でも芸者でもなく、落魄《おちぶ》れた大店の娘であるという触れ込みだった。これが怪しく思えたらしい。八重の身許を保証するものは何もなかったのである。

そこで強硬に反対する縁者が現れた訳である。しかし多くの者は、八重の人柄に触れるにつけ、そんな疑念は単なる杞憂に過ぎないと、思い始めてはいたらしい。そこで吉兵衛、腹が目立ち始める前にと祝言の日取りまでも決めたのだけれど、それでもまだ、反対する者は居るには居たのであった。

しかし、その昔、八重の父である須磨屋源次郎《げんじろう》の世話になったという男——京橋に住まうという戯作者《げさくしや》の山岡百介《やまおかももすけ》——が現れたお蔭で、一挙に懸念は払われたのであった。

尤も八重は百介のことを覚えてはいなかった。

しかし百介の語る八重の昔は、いちいち八重の語るものと一致していたし、調べてみると百介の身許というのも確かなものだったのである。

それに加えて、偶然噂を聞きつけたという八重の幼馴染み——根津で踊りの師匠をしているという、ぎんと名乗る女まで現れた。ぎんのことは八重も善く覚えていたようで、この女もまた、八重は須磨屋の娘であると証言したのであった。

こうして——。

大勢に祝福され、八重は晴れて柳屋の女房となったのであった。

白無垢《しろむく》を着ることなど生涯ないと思っていたと言って、八重は紅涙を流し、列席した者の多くもまた、その清楚な涙に当てられて同情の涙を流したのだった。疑っていた親類の者までも貰い泣きした程である。これは良縁である。

良い祝言だと。

その祝言から数えて二日目の夜のことである。

最初に見たのは下働きの女だった。

深夜——庭の柳が光を発していた、というのである。

怖ごわ確かめに行くと、中庭を鬼火がふらふらと飛んでいたという。

くだらぬことと、吉兵衛はまるで取り合わなかったようだが、矢張りと思う者は少なからず居たようだった。

矢張り出たか——と。

更にその翌日。

啜り泣きの声が聞こえた。

勿論中庭の方から聞こえて来たのだそうである。これは夜回りの爺ィも聞いているし、泊まり客で気がついた者も居た。下男下女も聞いている。

愈々《いよいよ》出たか——と思ったのは、吉兵衛の幼馴染み、柳屋の向かい三次屋の若旦那、三五郎であった。

この三五郎、人一倍臆病な質《たち》であり、臆病であるにも拘らず、野次馬でもあるという難儀な男であった。噂を聞くと三五郎は居ても立ってもいられなくなり、柳屋へと向かった。

三五郎、吉兵衛にそれとなく当たってみたが、吉兵衛は若い頃から極めて合理的な種類の人間で、筋金入りの迷信嫌いでもあり、どうもまるで意に介していないようであった。しかし三五郎、甲斐甲斐《かいがい》しく働く新妻お八重の顔を見る度に心が痛んだ。

何しろ三五郎は、友人の妻子が次次と凶事に見舞われる様を都合四度も見ているのである。それもただの不幸ではない。自害、逐電《ちくでん》、発狂病死と、目を覆いたくなるような徒《ただ》ならぬ不幸なのである。

だからこそ、八重が明るく振る舞えば振る舞う程に、三五郎の憂慮は募ったのだった。可惜《あたら》八重自身の不幸な境遇を聞いていた所為もあっただろう。三五郎の見ている情景は、哀れな境遇の娘が艱難辛苦を乗り越えた末に、漸く摑んだ仕合わせの場面なのである。

——このままでいいのか。

三五郎はそう思った。

善人なのである。

そこで三五郎は、柳屋に逗留している件《くだん》の山岡百介のところに赴いた。百介とは祝言の二日前に知り合い、この件に就いての長話をしているのである。

聞けば百介は戯作者の卵であり、実際に江戸で考物などを作っているという。考物といえば童の好む頓智《とんち》の問題集のようなものであるが、中には大人でも解けぬようなものもある。ならば中中の智恵者でもあろう。しかも諸国を巡り歩き、怪談奇談を聞き集めて、今流行の百物語を開板《かいばん》するつもりもあるという。こうした怪異、幽霊妖怪には詳しいようであった。

良い智恵もあるかと思うた訳である。

襖を開けるなり三五郎は言った。

「出ましたよゥ」

総髪の戯作者は、矢立を開けて筆を嘗め、帳面に何かを記しているところだった。数日前に三五郎の話したことも、その帳面に記されている筈である。

百介は顔を上げると、そのようですねと言った。

「今朝も女中さんが騒いでいました。私は気がつかなかったけれども」

「この部屋は表通りに面してますからねェ。私ン店《ち》なら善く見えるけれど――」

開け放たれた障子の向こうには、三五郎の父親のやっている旅籠――三次屋の二階が覗いている。

「――ここン家《ち》の中庭からは遠いでしょう」

「そうですね」

百介は筆を矢立に仕舞い、躰を座卓から離して、まあどうぞと言い乍ら、三五郎に座蒲団を勧めた。

「しかし――本当でしょうか」

「そりゃ本当で御座居ましょう。暫く途絶えていた啜り泣きが聞こえ始めたのは祝言の後で御座ンすからね。しかも、祝言があってすぐの夜には、柳の横に鬼火が灯ったそうじゃありませんか」

「ああ。でも中庭に火が灯ったのは祝い事の翌翌日ですよ。すぐじゃない」

「初日は誰も見なかっただけ――ってこたあ御座ンしょう。しかも鬼火が出たのはお徳さんの亡くなった場所じゃないですか。あなた、見ました？」

「何をです?」

「中庭で御座ンすよ。あの柳のある」

「ああ――」

百介は帳面を開いた。

「――拝見させて戴きました。中庭を囲む周り廊下から見ると、あれは圧巻ですなあ。柳の木というのはあんなに大きくなるものですかね。しかし祠のあった場所というのは、私には判りませんでした」

「草茫茫《ぼうぼう》で御座ンしょ。あそこは手をつけないってことになってるンです。吉兵衛さんの方針で御座ンすね。祀りもしない手入れもしない。ま、怖がって誰も手はつけませんがね。しかし折角のお庭があれじゃぁねェ。この宿の売りで御座ンすから。勿体無いと言う者も多《おお》御座居ますけれど――」

「野趣があっていいじゃないですか」

「そうそう。怖い感じの方がね、祟り柳って感じはしますからねェ。まあ、そんなことはどうでもいいンです。祠があったのは池の端ですよ」

「池の――ああ、この辺りですね」

百介はそう言い乍ら開いた帳面を三五郎に向けて見せた。中庭の絵が描かれている。隙間には色色な但し書きが書き込まれている。

「あらま。絵もお描きになる。お上手ですなァ。そうそうこの辺りで御座居ますな」

「この――少し出っ張ったところでしょうか」

「そうねえ。十年前とは様子が変わってしまったからなあ。ああ、はいはい。お徳さんはこの辺りにこう倒れていましたねえ。足は池に浸かってた。で、こうこの辺に祠がね、御座居まして、血が」

三五郎は指で色色と示した。

百介は筆を出し、三五郎の話を帳面の余白に書き込んだ。

「――なる程ねえ」

「百介さん。このままだとお八重さんが危ないンじゃアありませんか。いいんですか」

良くはないですと百介は答えた。

「恩人の娘さんですからね」

「しかしお徳さんの呪いは強力で御座ンすよ。私ゃ前の女房殿の顚末を知ってます。あの人をあんな目に遭わせちゃいけませんよ。後半年もすれば子供が生まれる。その前に何とかしないと」

何とかすると言ってもねえと百介は腕を組んだ。

「――当のお八重さんにはまだ何も起きていないのでしょう。啜り泣きも鬼火も、本当かどうか」

疑り深いなあと三五郎は顔を顰《しゅうしゅう》めた。

「あなた諸国の奇談怪談を蒐集してるって、そう言ってらしたじゃアないですか」

「そうです。だからこそ慎重になるんですよ、若旦那。こうした話には嘘が多いんです。何でも頭から丸呑みにすると、笑い物にされることになりますから」

「そんなものですか」

そんなものですと言って百介は帳面を捲《めく》った。

「ここの話もねェ。別に若旦那や与吉さんを疑う訳ではないんですが――」

「何かご不審な点でも?」

ええ、まあねえ――と百介は言葉を濁らせた。

「与吉さんやら、その他多くの方がね、柳の祟り説を主張してらっしゃるでしょ。それで私はこの間、若旦那があれこれ仰ってたのを聞いたんで、その――柳屋の菩提寺にお伺いしましてね、ご住職にもお話を伺ったんです」

「覚全《かくぜん》和尚ですな。言ってましたでしょ。先祖の供養をしないからだとか」

「はあ。そう仰っていました。私はですね、その――若旦那が仰った、前後関係が入れ違ってることに関しても質《ただ》したんですよ。柳を粗末にしたから祟られたのと、柳に酷い目に遭わされたから敬《うやま》うのを止めたのじゃ正反対でしょう」

「何と言ってました?」

「ええ。初代宗右衛門さんの奥さんのお柳さん、この方が柳の精だったと――ね、そう仰る。吉兵衛さんが祟られたのは、そのお柳さんの供養を怠ったからであると。それで起きた不幸なのに、当山を頼らず他宗を信心するからいかんのだと」

ものは言いようで御座ンすね、と三五郎は呆れたような声を出した。

「じゃあお徳さんの幽霊は？」

「それはちゃんと自分が供養したから、迷う訳はないと仰っていました。お徳さんと息子さんはちゃんと送ってあげたと」

「おやまあ。何とも都合の良いことを言う坊主で御座ンすねェ。そうなら送り損ねたんでしょうよ――」

　三五郎は頸をポリポリと掻いた。

「――柳の精だなんて、そんなモノある訳ないじゃ御座ンせんか。あなた、ご自分の婆さまが銀杏《いちょう》だったとか杉の木だったとか言われて信じますかい？」

「それは信じませんけれどね。そこで――まあ、和尚さんの言うにはですね、何が起きていても凡ての元凶は、最初の子供、信吉さんの死んだことだろうと」

「それはそうでしょうけど」

「それが柳の祟りであると」

「祟りって、それも先祖供養を怠った所為と言うんで御座ンしょ？　そんな話がありますか。大体先祖が柳なら、死んだ子供もその血を引いてることになるじゃァ御座ンせんか。柳ってのは自分の可愛い子孫を取り殺すんですかい。そりゃ間尺に合わない話だねェ。それに供養供養と言うが、そもそも柳の木はそこに元気に生きて繋ってるじゃ御座ンせんか。余程お布施が欲しいんですねえ。あの坊主――」

まあまあと百介は取り成した。

「まあ、それはいいとしても——私が気になっているのは、その最初のお子さんの死因なんです。与吉さん達の話を信じるなら、そりゃ柳の祟りというよりありますまい。こう、柳の枝がするすると伸びて来て頸に絡みついたようなことを仰る。和尚さんもそう仰っていた。柳が殺した、だから柳の祟りなんだと、そういう理屈です。そこで——」

お子さんの頸には本当に柳の枝が巻きついていたんですか、と百介は小声で尋いた。

三五郎は眉を八の字にして、

「前にも言いましたが、葉っぱは見ましたね。小さな可愛らしい頸にね、こう絞められた筋がついていて、そこにこう青青とした葉が——おお厭だ。思い出すだに可哀想で、胸が痛くなりますねェ」

そうですか——百介は腕を組んで考え始めた。

「それが何か?」

「いいえ——これはですね、故事にある話なんですね。唐土《もろこし》にあるのです。宋の時代、士捷《ししょう》という人が柳の枝に頸を巻かれて死んだという」

「ははあ。矢張りあるんで」

そうじゃないんですよ——と百介は言った。

「そんな話は——それしか聞かないのですよ」

「は?」

「慥かに柳は女人に化けるといいますよ。浄瑠璃の『祇園女御九重錦《ぎおんにょうごここのえにしき》』なんかでも取り上げてるくらいですから、これは一般的なんでしょう。幽霊の出るのも柳の下が相場です。これは理由がある。例えば松の木というのは、こう雄雄《おお》しいものです。勇猛故に武者の後ろ盾《だて》になる訳です。反対に柳は女女《なよなよ》と優しい形をしている。これが女の粧《よそお》いに類する訳ですね。幽霊の手の形、つまり陰の形ですね。それに柳は水端に立っている。如何《いか》にも陰ですよ」

学があるお方は仰ることが違いますねえ、と言って三五郎は妙に感心する。

「で？」

「ですからね、柳に幽霊はつきものなんです。江戸じゃあ立ちン坊の夜鷹も柳の下に立ちますからね。川端の淡昏《うすぐら》いところに女がすっと立っているというのは、絵面としても親しみ易いんですね。ひゅうどろどろと、お芝居やら読み本の挿絵やらでも、こりゃあすっかりお馴染みの形ですしね」

「なる程。それで？」

「ですから若旦那の仰るように、柳の下に現世に遺恨を持った亡魂だの、未練を残した亡者の類が出るという話でしたら、これは普通の感覚だと思うのですよ。誰でも思いつきましょう。それから――柳が女に化けるというのも、これも伝統的にある話ですよ。田舎の方じゃ、まだ実話でも通るでしょうね。でもですね、柳の枝がするする伸びて子供の頸を絞めるというような話は――」

「珍しい？」

「珍しいというよりも、突飛な発想ですよ。その、唐土の例を知っていたなら兎も角——」

「はあ」

でも本当に起きたなら——と言って、三五郎は頸を傾げた。

「——いや、それは慥かに妙で御座ンすよねェ。柳が祟るなァ怪訝《おか》しいと、私ゃ今この口で申しあげたばっかりだ。祟りでないなら——そんな事故があり得ましょうかね、先生」

「そんな事故は寡聞にして存じません。自然に起きることじゃない。もしそれが事実だったなら——まあ、子供を殺されたと怒る吉兵衛さんの気持ちも、化けて出るお徳さんの気持ちも少しは判りましょうが。滅多にない事故ですから——」

でもね——百介は矢立の蓋をパチリと開けた。

「——ご老人達祟り肯定派の方方が最終的に拠り処とされているのは、正にその点なのです。最初の禍《わざわい》は柳によって齎《もたら》された非常に特殊なものである、だからこそ一連の不幸は柳の祟りであると——」

ううんと腕を組み、三五郎は珍しく神妙な顔で考え込んだ。

「それだって——矢張り柳の祟りじゃァないでしょう。私はそう思いますよう。慥かに珍しいことなンでしょうがね、もしそれが祟りなら、お徳さんだって、その後の子の庄坊だって同じようになってた筈で御座ンしょう? こう、寝所にするする伸びて来てきゅう、と。最初だけってのはねェ——」

そして暫く俯《うつむ》いて、そうそう、と膝を叩いた。

「――吉兵衛さんはね、あれで中中学がある。唐土の詩なんか吟じることもありますよ。私なンかァ何を言ってるのか珍紛漢《ちんぷんかん》で御座居ますがね。もしかしたら――」

なる程ね――と不敵に言って、百介は矢立の蓋を閉じた。

「柳の祟りか。将《はた》またお徳さんの幽霊か――いずれ放っておく訳には行きませんでしょうね。ただ、庭で毎晩何が起きているのか、確かめる必要はある」

「た、確かめますか」

「それを確かめなくっちゃァ何も始まらないでしょう。ただ怖がってたんじゃ埒《らち》が明かない。吉兵衛さんにも何も言えません――どうです若旦那。私とあなたと、中庭に張り込んでみるというのは」

うひゃあと三五郎は声を上げる。既に冷や汗をかいている。

「そ、そんなことして、累《るい》が及びませんか」

「柳の祟りなら及ぶかもしれませんが、私達はお徳さんに恨まれるような筋はない。本当に幽霊が出るのなら、私はお八重さんを護らなくちゃいけませんからね――」

怖いのでしたら結構ですが――と言って、百介は居住まいを正した。三五郎は慌てて手を振った。

「怖いというか、その――」

「そうですか。それでは何かと準備もありますから明晩、いや、明後日の子《ね》の刻にでも――」

百介はそう結んだ。

7

いやあ聞きましたか御坊。

あの柳屋の。はい。そうそう。

今晩ね、ほら、御坊がお泊まりになってる三次屋の若旦那がね。へェ、あの女形《おやま》みたいな。

そうそう。ありゃ物好きですよ。あの三五郎旦那がね、あの柳屋の客――江戸から来た物書きの先生ね、あれと一緒に、あの祟りの庭を張り込むっていうんですからねェ。

命知らずもいいところでさァ。

いや、それがね、当の柳屋の亭主ってのはね、ほら、そんなこたぁ毛程も信じねェお方でしょうよ。そうなんですよ。あの人は学問がある。ほれ、何ですか、子曰《のたまわ》く何だ、怪力乱神を語らずとかいうでやしょう。あれですな。

そういう堅物だから、その噂聞きつけてね、三五郎さんとあの客を呼んで、馬鹿馬鹿しいことは止せと言ったらしいですがね。

でもねえ御坊。あの客は柳屋のご新造と――この間祝言挙げたばっかりの、あのご新造ね。あの女房殿と、ほら、深《ふけ》ェ縁があるンだそうでね。

噂が本当なら捨てておけないと、こう言う訳ですよ。亭主は嘘だから安心しろと、こう返す訳でさァ。しかし、ホラあの客も中中学がありそうでやしょ。嘘だと言うなら嘘でも良い、本当に嘘ならば別に一晩庭に居るくらいはいいだろうと、こう詰め寄った。

ま、吉兵衛さんって人はね、肝《きも》の据わった人だし、道理の判ったお方でやすからね、筋が通れば納得しやすわ。ご本人は、火の玉だの啜り泣きだの、そんな世迷い言はまるで眼中にない訳だから、それで納得行くならね、やってもいいと言ったたってェんですよ。

どう思います？

いや、でもね、本当に出るンすよ。出る。

柳のお化けか、死んだ先妻の怨霊か、そいつは知りませんけどね。出るんですよ。

だってあなた、三次屋の若旦那てェ人は、口が軽いので有名でしょう。

いやそうなんですよ。あの人に知れたら瓦版《かわらばん》に載るのと変わりませんや。だもんだからね、そういう話が決まる前にもう、そこら辺中に言い触らしちまッてたんで。

そうなんですよ。

この品川界隈で知らない者はいませんよ、ッてなもんですわ。いや、江戸まで届いたンでしょうな。昨日辺りから人が多いでしょう？　こりゃ皆、柳屋のお化け見物なんですよ。本当のところ。

へへへ。

あっしですかい？

行きました。ゆんべ。

いいや、簡単には見えないですよ。中庭ですからね。建物に忍び込む訳にゃ行かねェでしょう。でもね、往来は夜中だってのに人集《ひとだか》りでやすよ。

悪趣味だ？

へ。こんな面白いこたァねェでしょうよ。

それがね、聞こえた。いや、本当の話でやす。

大きな声じゃ御座居ませんよ。往来から聞き耳をば屹《そば》ててるンでやすからね。あのでかい旅籠越しでやしょう。明瞭《はっきり》とは聞こえません。

でもね。

こう、すん、すんと啜り上げるような。

ええ。そのうちにね、何やら哀れな、蚊の鳴くような声で、ひい、ひいと。

いや聞こえましたぜ。あっしも水浴びせられたみたいになりやした。睾丸《きんたま》が縮み上がっちまッた。もう、大勢がこう、躰固まッちまいましてね。ぞおっとしましたぜ。

はい。やがてね、暫くするってェと、どうも何か語ってるように聞こえるんですよォ。それが——まあ善く判らねェんでやすがね。何だか、子供を返せェ、子供を寄越せェとか。

こりゃ本当ですぜ。

あっしがこの耳で聞いたンだから。

でね、こう大方の者は逃げた。さあッと人が引けやしてね。ええ。怖かったですから。

こりゃさっき聞いたンでやすが、ゆんべはね、柳屋に泊まってた客も大勢聞いてるンです。泣き声。しかも裡《なか》ですから、一言一句聴き取れたッてんですよ。

恨めしい、柳が恨めしい、子供を返せ、寄越せ、柳の血を引く者を絶やしてやると、女の声でね、こう呻《うめ》いていたという。

怖ェ。

あんまり気味が悪いから旅籠を変えるってお客も何人も居たンですな。あっしはその一人捕まえて聞いたンですよ。

でね、御坊。

いや、あっしはね、ゆんべ、それですッ込んじまった訳じゃねェんで。それで帰っちまっちゃ灰神楽《はいかぐら》の馬太郎《うまたろう》兄さんの名が泣くってもんだ。

野次馬だ？　そりゃあそうですよ。

それからね、あっしはこう、ひょいと上ェ見たんでさァ。ゆんべは月夜だったでやしょう。そしたらほれ、あそこンとこの右手の方に火見櫓《ひのみやぐら》があンでしょう？　あそこにね鈴生《すずな》りになってる。何がって、野次馬ですよ。あっしの同類。

駆けましたよ。

下まで行ってみますってェとね、御坊。何やら怪しげな歓声が上がってる。

オウとかヒイとか。

梯子《はしご》昇りましたよ。あっしも。

見えるんですよ、中庭が。

つッてもあのでっかい柳がね、こう覆い被さってやすから、真っ黒で善くは見えませんけどね。上の方から月明かりで見るってェと、こう、枝がさわさわ、さわさわと戦《そよ》ぎやしてね、まるで女の洗い髪みたいで、そりゃァ怖いの。

その隙間をね、こう、人魂が、すう、すうっと。

いや、嘘じゃありませんって御坊。

ありゃ人魂ですよ。

ッつうか、鬼火でやすかね？　人魂と鬼火と、ありゃどう違うんですかね？

まあ、火の玉ですよ。遠目ですが間違いねェ。

あっしがこの二つの眼で見たンでやすよ。誰が信じなくたって、あっしは自分の眼を信じるね。

ですから、出るンです。

幽霊だか妖怪《ばけもん》だか判りやせんが、出るこたァ出るんです。こりゃ間違ェねェ。正真正銘のお化けですぜ、ありゃあ。

おッかねェ。

ですからね、三次屋の若旦那もね、今晩あの庭になんか入《へえ》ったりしたら、そりゃ大変なことになるんじゃねェかとね。こう思うんですよあっしは。

こういうなァ拙《まず》いンでしょう。

御坊は霊験あらたかな御行様《おんぎょうさま》でやしょう。

どうなんですかね。

え？

あ、あっしも危ねェ？

そ、そりゃどういうこって？

はあ、聞いただけじゃなくて見ちまったから？　さ、障りがあるに違ェねェと？　い、厭だなあ御坊。脅かさないでくださいよ。勘弁してくだせェよ。

へ？　本当で？　厭ですよ。ど、ど、どうしたら。

ご、御坊――。

へ？　これは拙い？　拙いって？

何とかしてくださいよォ。はあ。

この、このお札を？　肌身離さずですか？

そりゃあ持ってますよ。親が死んだって離しゃしやせんぜ。こいつァ有り難ェ。

へえ、へえッ。頂戴、頂戴ッ。

お足は――へえへえ。それで悪霊が退散するなら安いもんで御座ンすよ。こりゃ効くんでしょうね。はあ。そうでした。良かった、お話して。

待ってくださいよ。あっし程度でそんなに拙いなら、柳屋の者は――どうなッちまうんで？

ご、御坊、御坊――。

8

その夜。

三次屋三五郎と山岡百介、そして柳屋吉兵衛の三人は、柳の巨木の聳える柳屋の中庭に降り立った。

主吉兵衛は、本来なら同行する予定ではなかったのだが、成り行き上そうせざるを得ない状況になってしまったのであった。

その日――柳屋には多くの人間が訪れた。

八重はそれまで諸諸の事情を殆《ほとん》ど報されていなかったのだが、噂を聞いて駆けつけた親類の老人どもやらお節介な連中やらにあることないことを一度に吹き込まれて、大いに怯《おび》えてしまったのだった。吉兵衛は頻《しき》りに大丈夫だ案ずるなと繰り返したが、その段階で中庭の怪異を否定する者は吉兵衛ひとりだけだったから、効果はなかったのである。

ヤレ祟りだソレ怨霊だ、いいや何もないの押し問答が何刻も続けられた。

当然騒ぎの元でもある三五郎と百介もその場に呼びつけられ、身の程知らず、危ないから妙な真似はやめろ、お柳様のお怒りになられるような行いは止せと意見された。

そのうえで、菩提寺による大大的な先祖供養をするべきだ、否、結局妖魔の仕業《しわざ》であるのだからお祓《はら》いをするべきだと意見は割れ、白黒明確になるまで旅籠を閉めろ、という話にまでなったのだった。八重は只管《ひたすら》に怯え、吉兵衛は孤軍奮闘した末に、結局率先して今夜、主たる自身が確認すると言い出したのであった。

親戚一同は猛反対し、座は膠着《こうちゃく》した。

しかし――丁度その場に、出入りの鮨渡世職人の馬太郎が、旅の行者なる者を引き連れて来たことで事態は急転した。その行者なる者、数日前から品川宿に舞い込んでいた御行坊主で、大道で加持祈禱をしたり、魔除けの札を売ったりしており、中中霊験があると評判になっていた男だったのである。

近在の者は既に見知っていた所為もあり、大いに歓迎したのだが、親戚一同は大いに訝《いぶか》しんだ。

しかし――この御行、菩提寺の住職覚全とも顔見知りの仲であったらしく、それが判明してからは、老人どもの態度も大きく変わったのであった。

御行は取り敢えず魔除けの札を部屋の四隅に貼ると、八重をその部屋へと入れ、夜が明けるまで決して出るなと言ったのだった。そして夜明けとともに覚全を呼び、打開策の協議をしようと提案した。

大方はそれで納得したが、納得しない者もいた。

勿論、吉兵衛と百介である。

吉兵衛は、

「この世に怪異など然然《そうそう》あろう筈もなく、それでもこれ程世間を騒がせたるは、凡て己の不徳の致すところである。ここは女房八重を安心させるためにも、自分の目で確かめたい――」

と、言ったのだった。

如何に御行が諭そうと親類が止めようと、吉兵衛の決意は変わらなかった。百介もまた、そもそも自分が言い出したことであると言って聞かなかった。

三五郎は行きがかり上仕様がないといった、如何にも情けない面持ちだったが、ここで尻込みする訳にも行かず、結局三人で行くということになったのである。後の者は仏間で念仏を誦え乍ら待つことになった。御行は、庭に行くに当たって、次の三点に就いて三人に厳重な注意をした。

先《ま》ず、柳の木の側《そば》には、絶対に近寄らぬこと。次に、万が一異形の者が現れたとしても、決して目を合わせたり言葉を交わしたりしてはならぬということ。最後に、魔除けの護符を肌身離さず持っていること――。

御行は執拗《しっこ》い程に繰り返しそう告げて、札を各自に渡したのだった。

しかし――吉兵衛はその札を受け取らなかった。

怪異我が庭にあらず、よって斯様《かよう》なまじないものは不要――と、頑なにそれを退けたのであった。

御行は悲しげな顔をした。

やがて――深夜を告げる鐘が響いた。

そして――三人は庭に降り立ったのである。

前夜と違って幽陽《ゆうよう》には雲が懸かり、中庭は漆黒の暗《やみ》だった。

ただ騒騒《ざわざわ》と草の靡《なび》く音やら、池の水面《みなも》がさざめく音だけが、黒の中から染《し》みて出て来た。

中でも一番の気配を発散していたのは、勿論庭の真ン中に聳えている祟り柳であった。見えはしないものの、その蛇の如き枝垂れの髪の毛がぞろぞろと風に蠢《うごめ》いていることは、容易に判ったのだった。

声を立てる者は居なかった。皆息を殺していた。

そのうち。

ふうと風が三人の頬を撫でた。

さわさわさわ。

そして。

――う。

――うらめしや。

怯《びく》気りと三五郎が跳ねる。

――うらめしや、このやなぎ。

ぼう、と柳の蔭に陰光が漏れた。

やがて――。

生白い女の姿が闇に浮かんだ。

三五郎は悲鳴を上げ、廊下に駆け上がって柱の蔭に身を潜めた。

百介は眼を瞠《みは》って硬直し、吉兵衛は——前に出た。

さわさわさわ。

女は——胸に懐剣を突き立て、
柳の枝が巻きついた赤ん坊を抱いていた。

さわさわさわさわ。

——恨めしや旦那様、憎らしや吉兵衛。おのれ斯様な所業をしておき乍ら、のうのうと後妻など貰うとは、如何なる了見であろうかや——。

女は、我慢ならぬ程の陰気な声でそう言った。

「お、おのれ何者ッ！」

吉兵衛はそう叫ぶと、懐から匕首《あいくち》を抜き放って庭の中心へと突き進んだ。

——ここにも埋めたな。

「黙れッこの物の怪が！」

——この。

い、い、
人でなし。

さあっと柳が戦《そよ》いだ。

ふっと、凡てが消えた。

「うひゃあああ」

顔面蒼白になった三次屋三五郎がけたたましい悲鳴を上げ乍ら、仏間の中に転げるように逃げ込んだので、そこに控えていた親戚一同と御行は、その様子から徒《ただ》ならぬことが起きたと判じ、やおら中庭に向かった。

しかし――その時庭は、然《さ》して変わった様子でもなかったという。

回廊の側の地面に山岡百介が平伏しているだけで、柳屋吉兵衛の姿は闇に呑まれているものか、全く見えなかったのだそうである。それでも気配だけは尋常ではなかったと、皆は口口に言った。

ただ、与吉老人を始めとする数名の耳には、吉兵衛の悲鳴と女の笑い声が聞こえたという。

又市は庭を屹度《きつと》睨《にら》みつけ、鈴《りん》を掲げて一振りすると、

「御行　奉為《したてまつる》――」

と言った。

途端に禍禍《まがまが》しい気配が失せたのだと、その座にいた一同は証言した。

やがて又市の指示で篝火《かがりび》が焚《た》かれた。

夜の庭が怪しく照らし出され、真っ黒い池の水面やら柳の奇怪な木肌やらが夜陰に浮き上がったが、吉兵衛の姿だけは忽然《こつぜん》と消えていたという。

折角の御行殿の忠告も聞かず、札を持って出なんだ故にあやかしに呑まれたかと、老人達は一様に顔を顰《しか》め、肩を落とした。漸く落ち着いた三五郎と百介が語ったところに依れば、赤子を抱いた女怪が現れて恨み言を語ったのだというし、吉兵衛は逆上して刃《やいば》を翳《かざ》し、叫び乍らそれに突進したというのだから、かの主は御行の三つの戒めを悉《ことごと》く破ったことになる。故に、これは仕方があるまいと、縁者どもは納得したのであった。

「ご一同——」

そこで御行は一同を見渡して、

「——この度のことは柳の仕業に非《あら》ず」

と言った。

「この方達の話を聞き、また熟熟《つらつら》と拝見致しましたるところ——これなる柳は悪しきものでは御座りやせん。これなるはこの家の守り柳に御座りますぞ。祟る祟ると申すは失礼千万」

御行がきつく言ったので、老人達は驚いたような顔をした。

「凡ては——この柳の横に埋まりたるまじものの齎《もたら》す災厄で御座ります。これなる柳は、そのまじものの魔力から、必死でこの家を守って来たので御座りましょう。吉兵衛殿はその柳の功徳を信じることもせず、また有り難き御仏のご慈悲も神のご加護も退けられたが故に——妖物に取られたご様子です。残念乍ら——戻りますまい」

御行はそう言って、もう一度鈴を鳴らした。

老人どもはその場にへたり込み、ただ柳に詫び、祈ったのだった。

9

又市の言葉通り――吉兵衛は二度と柳屋に生きては戻らなかった。

庭で掻き消えた吉兵衛の捜索は夜っぴて行われ、朝日が差してからも続けられたが、天に昇ったか地に潜ったか、その姿は一向に見当たらなかったのだそうで、結局それから数えて十日の後、吉兵衛は骸《むくろ》となって浜辺に打ち上げられたのだそうである。外傷はなかったという。

一方――八重は無事だった。

柳屋の親族達は、ともあれ女房殿だけでも無事で良かったと胸を撫で下ろした。三次屋三五郎にも取り立てて異変はなく、これも皆、御行殿のお蔭かと、礼を尽くすべく捜したのだが、気づいた時には既に遅く、その姿は宿場のどこにもなかったそうである。御行は百介を連れ、夜明けを待たずして姿を消してしまっていたのであった。その後も、柳屋の一党は品川中を随分捜したのだったが、御行の姿は遂に見つからなかったということである。

やがて菩提寺住職の覚全和尚を中心にして、近在から大勢の僧が呼ばれ、大掛かりな吉兵衛の法要が営まれた。この度は千体荒神堂の住職等も加わり宗旨を越えての供養となった。

それは盛大なものであったという。

その後、吉日を選んで、件《くだん》の中庭には新たに柳の祠が勧請された。

祠を建てる際、土中から小さな欠け髑髏《どくろ》が二つばかり出て来たという。

これこそがかの御行の言ったまじものであったかと、一同は重ねて驚き、改めて塚を作って埋葬し、ねんごろに供養したそうである。

八重は――その後無事男子を産み落とした。

吉兵衛の遺児――跡取り息子の母親となった八重は、名実共に柳屋の女主人となったのだった。その評判は上上で、勿論庭の柳聖は益々繁り、柳屋は以前と変わらぬ、いや、それ以上の繁盛振りとなったのであった。

吉兵衛の死後半年で、北品川は平穏を取り戻したのである。

そして――。

品川宿の入口を望む、小高い丘の上に屯《たむろ》する三人の人影があった。

「良かったじゃねェか――」

語り終えたおぎんを上目遣いで見て、又市は北叟笑《ほくそえ》んだ。

「――八重さんもこれで安心だろうぜ。あそこは親戚連中がやけに確乎《しっか》りしてるようだしな。それに――約束通り、おもんさんの依頼も果たしたぜ」

遅くなっちまったけど、後金だよ――そう言い乍らおぎんは背負った笈《おい》から袱紗《ふくさ》で包んだ金を出した。

「私は――例によってさっぱり判りません」

その金子を受け取り乍らそう言ったのは、考物の百介である。

「私に判ったのは、あの時の幽霊がおぎんさんだということと——鬼火の正体が松明を持った又市さんだということだけです。後はお二人の言いなりに演じていただけで、全く理解出来ない。いつものことですが、果たして今回私は役に立ったのでしょうか。このお金は——受け取って良いもんなのでしょうか」

百介は申し訳なさそうにそう言った。

「馬鹿なことを言いなさるなァ先生も。先生がお喜美さんの行方も、お澄さんの子供の行方まで
も探り当ててくれたンじゃねェですか。なあおぎん」

そうさァ——と、おぎんは猫撫で声で言った。

「お蔭でおもんさんの話が真実だと判ったンだからねェ。しかし、あのお喜美さんが無事だったなァ何よりだったよゥ。唯一の生き証人だものねェ」

「しかし、そのおもんさんという人の依頼の内容からして私は知らないンですよ——」

百介は情けない声を出した。

「——おもんさんっていうのは慥か、吉兵衛さんの三番目の奥さんですよね。慥か庄太郎さんというお子さんを病で亡くして、錯乱して家を飛び出したとかいう」

「そうさ。錯乱というより、もう少しで気が違ってたッて程——怖い目に遭ったのさ、あの女《ひと》は。おもんさんはあの柳屋を飛び出してから後、今日まで命があったのが不思議なくらいだって、そう言ってたよゥ」

「それ程までに怖い目って――依頼の内容は何なのです」

子供の敵討ちですよと又市は言った。

「お子さんは――病死じゃなかったンですか？」

「そうじゃねェんだ。奴《やつがれ》もね、最初におぎんから聞いた時ゃァ、そりゃあどうかと思ったンですがね。幾らなんでもそんなことはねェだろう、子供亡くした悲しみが見せた妄想なんじゃねえかとね、こう思った訳だ。でもね――おもんさんの子供を殺したなァ――」

吉兵衛だったんですよと又市は言った。

百介は口を開けた。

「だ、だって――あの、吉兵衛さんという人は子煩悩だとか――それにそんなこと出来るような人には――とても」

とても見えませんやねェ――又市はそう言って眼を細め顔をくしゃくしゃにした。

「でも――そうなんだと、おもんさんは言いやした。それだけじゃねェ。最初の子供を殺したのも――柳じゃなくッて吉兵衛本人だった」

百介は開いた口が塞《ふさ》がらぬといった様子である。

「し、信じられません」

「あの吉兵衛という人はね、評判通り、物の道理は判ってる、学もあるし商才もある。人当たりも良いし、女にゃ優しい色男だ。童《こども》も殊《こと》の外《ほか》好きだったらしいですよ。最初の女房が子を孕んだ時は、そりゃあ喜んだンだそうですぜ。ところが――」

「ところが何です」

「それは――生まれるまでのことだったンだそうですよ。これはね、後に吉兵衛自身がおもんさんに告白したことなんだそうだが――赤ん坊の顔を見た途端にね、吉兵衛、押さえ切れない衝動を感じたンだそうですよ」

「衝動？」

「ぶち殺したい」

「そ、そんな――」

「叩き殺したい。首を捩《ね》じ切りたい――そういう強い、抑えられない想いが湧いたンだそうです。理性では可愛い、愛おしい、慈しみたいと思ってるンだそうですがね。堪え切れねェ、黒い欲動が湧いて来る。普通は――信じられねェことですよ。吉兵衛自身信じられなかったらしい。憎いとか、苛めたいとか、殺したいとかいうよりも、壊してェって感じだったと、吉兵衛は言ったそうですぜ」

「言ったって――その、おもんさんにですか？」

「そう。吉兵衛はね、己の過去の罪悪を、全部おもんさんに白状してるんだ――」

又市はそう言ってからおぎんをちらりと見た。

「――まあ、普通ならそんな告白はしねェわいな。したとしたなら冗談だ。だから奴《やつがれ》もね、俄《にわ》かにゃあ信用出来なかったんで」

「それで――本当だったんですか」

病なんだよ――おぎんが続けた。

「でも病とは考えないサ。人ってェのはなンか理由がある筈だと思うンだ。最初の子――お徳さんの産んだ子を何故そんなに壊したいと思うのか――吉兵衛はあれこれ思い悩んだのサ。だってそうだろう？　可愛くて可愛くて仕様のない子の筈なのに、顔を見る度に殺したくなるんだからねェ。こりゃあ何か理由がある筈だと、こう思うだろうサ」

「それで――理由を？」

「そうなのサ。あの吉兵衛ってお人はね、悩んだ挙げ句、後から無理矢理に理由をくっつけてサ、それで納得しようとしたんだよ」

「そんな――そんなことにいったいどんな理由があるというんです？　どんな事情があろうとも、自分の子供を殺したくなるような理由など、私には想像出来ません」

「これは自分の子じゃないから殺したくなるのじゃァないのか――とね、そう考えたンだそうさ、あの人ァね。こじつけさァね。でも一度そう思っちまうってェと、もう抜け出せなくなッちまった。それでお徳さんにある筈もない不義の疑いを掛けて責めたンだとサ。お徳さんはそんな亭主の不可解な挙動――子への殺意を敏感に察して、判らないなりに警戒してたそうさ。そこでね――」

「吉兵衛は四六時中お徳さんの隙を狙ってたンだ。そんな中――ある日、子守女が赤ん坊をおぶってるのを見て、遂に我慢が出来なくなったんだな。それで、先ず下女を襲い、それから子供を――柳の枝で絞め殺したンだ」

酷いですよ――百介の顔から血の気が引いた。

「酷ェ――と自分でも思ったそうだ。これは人のやることじゃねェと、そう思ったと、おもんさんには言ったそうですぜ。しかし後悔先に立たずだ。殺した者は返らねェ。そこで咄嗟《とっさ》に、先生も言ってた唐土《もろこし》の故事を思い出したンだ」

「それで――柳の祟りに仕立てたんですか?」

「祟りというより、最初は事故に見せかけるつもりだったんでしょうね。柳は単なる凶器だった訳だから――それをね、自然に絡みついたんだ、という風に仕立てた。下女は――こっそり海に流した。事故ということにすれば、責任を感じた下女が自害するのも頷《うなず》ける。まず、誰も吉兵衛が下手人とは思わねェでしょうね。ところが、仮令世間は騙《だま》せても、お徳さんだけは騙せねェ。そこで――結局は刺し殺しちまったンですよ」

「自害に見せかけて殺した?　あの人が――ですか?」

「そう――あの祠の前で突き殺したんだと、決然《きっぱり》と言ったそうですよ。こりゃもう鬼だと、自分でそう思ったんだそうだ。吉兵衛が次次信心を変えたなァ、自分が怖かったから――だそうです。そうおもんさんに告白したんだそうだ」

　百介は口を押さえた。

「そんな話って――あるでしょうか」

「あったんですよ。それを本人の口から聞かされて、おもんさんもさぞや狼狽したことでしょうよ。それもね、何故告白したかっていうと――」

「おもんさんが――孕んだから？」

「ご名答だ。吉兵衛は子供が腹にいるうちは、この上なく良い亭主なんです。しかし臨月が近づくに連れて、また自分は前のようになるのじゃアないかという恐怖に駆られたンですね。それでおもんさんに凡てを告白した。しかし――考えても見てくだせェよ。妊婦が亭主からそんなこと報されたとして、どうなります？」

「なる程――それは」

それはこの上なく恐ろしいですと百介は言った。

「そう。最悪でさァ。それでも――月が満ちれば子供は生まれちまう。逃げも隠れも出来ねェんです。案の定赤子を見た途端、吉兵衛の目の色が変わった」

「それは――恐ろしいです。怖い」

「そう怖ェ。戦戦恐恐だ。それでも生まれて三月は保《も》ったそうだが、結局吉兵衛は、おもんさんの子供も隙を見て殺しちまッた。病死だと言い張ったそうだが、おもんさんには判るでしょうよ。池に漬けて殺したんだと言っていた。それで――おもんさん、気も狂わんばかりになって柳屋を出奔したんです」

「それじゃあ――四人目のお澄さんも？」

「そう。お澄さんは流産して、それで亡くなったことになってたようですが、子供は生まれてたようですね。吉兵衛、今度はすぐ殺しちまったンだ。お澄さんは子供失った衝撃で亡くなったか、或《あるい》は矢張り殺されたのか――二人の死骸はあの祠の跡地に埋めたんですよ」

それが――まじものの髑髏なんですか――と百介は言った。

「なんとも――遣り切れません」

「吉兵衛にさ、五度までそんなことを繰り返させる訳にゃァ行かないじゃないかえ――」

そう言っておぎんは、笈《おい》の中から人形の頭を出した。まるで生きているかのような、赤子の生き人形である。柳の下で抱いていたものだ。

「――でも証拠がなかったのサ。ところが、先生が祠の場所やなんかを三次屋から聞き出してくれたから、又さんはお澄さんやその子供の骨を見つけることが出来たし、あたしは生きたお喜美さんに会って、どうして逃げたのか聞くことが出来たンだよ」

「それじゃあお喜美さんは――吉兵衛の本性を見抜いて、それで逃げた訳ですか？」

そうなんだよゥとおぎんは言った。

「でもね、一番辛かったなァ――矢ッ張り吉兵衛本人だったンだよゥ。何しろね、あたしの顔を近くで見た途端にさ、何にもしないのにどうやら心の臓が――止まっちまったようだッたからねェ。悲しいよねェ――」

悲しいよねェと、おぎんはもう一度そう言って、赤子の頭を撫でた。

死神の松

澤田瞳子

澤田瞳子（さわだ・とうこ）
一九七七年京都府生まれ。二〇一〇年に『孤鷹の天』でデビュー、同作で中山義秀文学賞、一三年『満つる月の如し 仏師・定朝』で新田次郎文学賞、一六年『若冲』で親鸞賞、二〇年『駆け入りの寺』で舟橋聖一文学賞、二一年『星落ちて、なお』で直木三十五賞を受賞。『火定』『名残の花』『輝山』『月ぞ流るる』など著書多数。

だいたいこんなことになったのも、お紋《もん》のせいなのだ。あのあま、さえうまく吉介《よしすけ》をあしらっていれば——。

思い出せば思い出すほど、どうして自分がこんなところに居なければならないのだ、と腹が立ってくる。与五郎《よごろう》は懐《ふところ》に入れた右手で胸元をかきながら、

「まったく、女の口車に乗っかると、ろくなことになりゃしねぇ」

と毒づいた。

そうしながらも常に背後に気を配り、夜道を急ぐ足を一時も休めはしない。油断なく四方をうかがう目には、剃刀《かみそり》に似た光が湛《たた》えられていた。

転がるように箱根の山を下り、街道はずれの道ばかり選んできたために、手足はかき傷だらけになっている。浅草並木町の茶屋で働いていたお紋をはじめ、さまざまな女たちを惹《ひ》きつけてきた整った顔立ちにも、さすがに疲労の色が濃かった。

振り返れば十六夜《いざよい》の月は、微《かす》かに輪郭《りんかく》をにじませながら西のかたへと傾いている。表街道を避けているためによく分からないが、与五郎の勘に外れがなければ、そろそろ沼津宿が近いはずだ。

丸一日、休むことなく歩き続けているせいで、全身は綿のようにくたびれている。いくら何でもこの辺りで一休み入れなければ、今から先を無事に歩きおおせる気がしなかった。

とはいえ共に江戸を出てきたお紋は、箱根の山中で関抜けを企《たくら》んだ際、関役人に捕えられてしまった。

与五郎はもともと目黒の百姓家の生まれ。七つのときに奉公先の紙問屋を飛び出して転々とした挙句、浅草界隈《かいわい》をとりしきる八田の勘兵衛《かんべえ》の手下となった。このため、間もなく三十路《みそじ》に差しかかるにもかかわらず、ご府内から足を踏み出したことは一度もない。これから先の道中をいったいどうすればいいのか。道連れを失い、与五郎は柄にもなく不安を覚えていた。

もとをただせば、浅草を飛び出す羽目となった原因は、与五郎が作ったものではない。

「昨日、あの吉介の兄弟子って男が店に来たんだよ。吉介がもう三日も棟梁《とうりょう》のところに帰ってこない、あんたに相当入れあげているという噂《うわさ》だったけど、何か心当たりはないかって――」

賭場《とば》の門口に自分を呼び出し、小作りな顔をひきつらせてまくし立てたお紋の声が脳裏に蘇《よみがえ》り、彼は小さく舌打ちをした。

――だから俺ははなっから、あんな初心《うぶ》そうな男には手を出すなと言ってたじゃねえか。

その忠告を無視して、まだ若い吉介にちょっかいを出したのはお紋だ。

そうでなくても大工というものは、驚くほど仲間意識が強い。ましてや浅草きっての棟梁・藤蔵《ふじぞう》の弟子ともなれば、兄弟弟子の数だけでも半端ではない。お紋に入れあげている当人がそれをよしとしたところで、中には正義漢で気の荒い、ありがた迷惑な兄弟子もいよう。

「お前、同じ金づるにするんだったら、もう少し相手を見定めたらどうなんだ。弟子入りからまだ十年そこそこの若造なんざ、ろくすっぽ小遣いも持っちゃいねえだろうに」

そんな奴《やつ》から小銭を巻き上げて、後から兄弟子たちに難癖をつけられたら厄介じゃねえか――という肝心の言葉を口にしなかったのは、自分が悋気《りんき》をしていると取られるのが嫌だったからだ。

二つ年上のお紋と与五郎のかかわりは、かれこれ三年になる。幼い頃《ころ》から浅草の水にどっぷり漬かって育ってきた女だけに、お紋はちょっとやそっとではつべこべ言わない鷹揚《おうよう》さと図太さを備えていた。与五郎がどこかの素人《しろうと》女と深間になっても、焼餅《やきもち》を焼くどころか、むしろ彼女から金を巻き上げる思案をするほどだ。それだけに与五郎もまた、お紋のちょっとした遊びぐらい、

「お互いさまじゃねえか」

と見過ごすのが常であった。

けばけばしい化粧が薄くなり、衣紋《えもん》の抜き方も少しおとなしくなるのは、お紋が素人を手玉に取ろうとし始めたときの癖。与五郎からすれば、そんな些細《ささい》な身繕《みづくろ》いの違いで、三十を越えたお紋にころっとひっかかる男がいることが、不思議でならなかった。

最初に与五郎が吉介を見かけたのは、昨夏のある宵《よい》。茶屋の裏口に置かれた床几《しょうぎ》にお紋と寄り添って腰かけている姿だった。

年は与五郎よりもかなり下、まだ二十歳になるやならずやだろう。脛《すね》にまとわりつく蚊《か》を団扇《うちわ》で追い払いながら、吉介は日焼けした純朴な顔に、嬉《うれ》しげな笑みを浮かべていた。まるで、わずかな時ながらもお紋と会えるのが楽しくてたまらないというように。

その屈託のなさを、与五郎はかえって危ぶんだ。ああいった女慣れしていない手合いは、一度女に入れあげると何を仕出かすか分からねえと、意見もした。

だが百戦錬磨のお紋には、与五郎の言葉も釈迦《しゃか》に説法としか取れなかったらしい。一応形ばかり耳を傾けはしたものの、吉介を手玉に取ることを止《や》める気配はなかった。

まだ見習い大工にすぎない吉介が自由にできる金は、さほど多くはないはず。それでも彼はお紋を喜ばせようと、休みごとに彼女を連れ出し、なけなしの金をはたいて簪《かんざし》まで贈った。

若い男のそんな純心はお紋にとって、犬っころが尻尾《しっぽ》を振っている程度にしか思えなかったのだろう。どこの小間物屋でつかまされたのか、ふくら雀《すずめ》に雪持ち笹《ざさ》をあしらった垢抜《あかぬ》けない時期はずれな簪を、お紋は長屋に戻るなり鼻先でふんと笑い、髷《まげ》から引き抜いた。

簪はそれから数日の間、鏡台に無造作に置かれたままだった。やがて与五郎が博奕《ばくち》の質草にそれを持ち出しても、お紋は眉《まゆ》一筋動かさず、むしろせいせいしたといった顔すら見せた。

しかしそんなお紋とは裏腹に、吉介にとって彼女とのかかわりは、真剣な――そしてはじめての恋だったらしい。さもなくばお紋に他に男がおり、自分との関係は遊びに過ぎないようだと知っただけで、あれほど逆上するはずがない。

――だから言わんこっちゃなかったんだ。

駿河《するが》の海が近くなったのだろう。微かに潮の匂《にお》いが鼻をつく。

あの夜の光景が夜道の向こうに浮かび上がり、与五郎はまた舌打ちをした。

それは今から半月前。いつもの賭場に出かける道中、煙草《たばこ》入れを忘れたと気付いた与五郎は、まだ冷たい夜風に頰《ほお》を撫《な》でられながら、お紋と暮らす新川掘割端の長屋に引き返した。

板の外れたどぶをまたぎ越し、六軒長屋の一番奥の障子戸を開ける。部屋の隅の行灯《あんどん》が、ぼうっと照らし出した光景に、瞬間、彼は息を呑《の》んだ。

狭い六畳の真ん中でお紋の胸の上に馬乗りになった吉介が、彼女の細い首を絞めていた。だが真っ先に与五郎の目に飛び込んできたのは、すりきれた畳の上で暴れるお紋の白い足や赤い湯文字ではない。浅黒い吉介の頬を伝い、ぼたぼたとお紋の胸に滴る涙が、不思議なほど明るく光って見えた。

もちろんそのときは、相手が何者であるかなど、意識に浮かばなかった。とっさに土間から駆け上がり、下駄履きの足で男の横っ腹を蹴飛《けと》ばした。

不意をつかれ、お紋の上から転がり落ちた男を、彼は続けざまに足蹴《あしげ》にした。立ち上がりかけた胸倉をつかみ、思うざま殴りつけたようにも思う。

「お前さん、死んじまうよ。やめとくれ――」

お紋の金切り声にはっと手を止めたときには、男は口の周りに血をこびりつかせ、けばだった畳にぐったりと横たわっていた。

顔は青黒く腫《は》れ上がり、喉《のど》から漏れる息は寒夜に響く按摩《あんま》の笛の音に似ている。素人目に見ても、もはや助かる見込みがないことは明らかだった。

――畜生、またやっちまった。

振り上げかけたこぶしで顔を覆うと、与五郎はどすんと音を立て、男のかたわらに座り込んだ。

茶屋や芝居小屋が所狭しと軒を並べ、朝から晩まで人の流れが絶えぬ浅草は、江戸随一の繁華街。そこに根を下ろす地回りの一員だけに、与五郎とてそれ相当の場数は踏んでいる。目端《めはし》が利くところを重宝がられ、おおっぴらにはしにくい相談事を八田の勘兵衛から持ちかけられたのも、一度や二度ではなかった。

しかし与五郎には、お紋にすら告げていない悪い癖があった。普段ならその癖は胸の奥深くに秘め、まず滅多に人目にさらしはしない。それが今回、突如頭をもたげたのは、障子を開け放った途端の光景にそれだけ逆上した証拠だろう。

目の前に虫の息の男が一人、という状況には動揺しない与五郎も、久しぶりに暴れ出した悪癖を鼻先に突きつけられ、思わず頭を抱えたい気分になっていた。

――今度はいったい、どこに隠しゃいいんだ。

腰を抜かしてしまったお紋が、這《は》うようにして近付いてくる。がたがたと全身を震わせながらしがみついてくるその身体《からだ》をうとましく思いながら、与五郎は懸命に頭を巡らせていた。

木場の外れ、巣鴨《すがも》の森の奥といった、これまでに使った人気のない場所が、次々と頭に浮かぶ。だが既《すで》に一度なりとも足を運んだそれらの場所にこの男を埋めるのは、どうしても気が進まなかった。

相手は死人だ。ましてや二年も三年も前に埋めた者たちなど、とうの昔にぐずぐずに腐り、姿かたちを失っているであろうとはわかっている。だがそれでも、かつて自分が手にかけた人々が眠る場所に立ち戻れば、なにかしら禍々《まがまが》しいことが起こりそうな予感がしてならなかった。

——こいつが悪いんだ。こいつが涙なんぞ流しながら、お紋を絞め殺そうとしやがるから。

いつの間にか、男の顔色は土気色に変わり、わずかに残っていた息も絶えている。意図せず自分の暴力の引き金を引いた彼を、与五郎は苦々しい気持ちで見下ろした。思い返せば七つのとき、奉公先の紙問屋を飛び出したのは、生まれ育った目黒に戻りたかったからではない。ただ、それほどに奉公の暮らしが我慢ならなかったのだ。

与五郎の父は腕のよい野鍛冶《のかじ》であったが、仕事中の事故で片目を失って以来、酒びたりで毎日を過ごすようになっていた。母一人の野良働きでは、与五郎を頭にした子供三人と夫を食わせていけはしない。与五郎が奉公に出たのは、家の口減らしとわずかな給料の前借をあてにしてのことであった。

自分が奉公を辞めれば、残された家族はあっという間に苦境に立つ。だがそのときの与五郎には、彼らを斟酌《しんしゃく》するだけのゆとりはなかった。

酒を飲めばすぐに暴れる上、その凶暴さにおびえて泣く与五郎や二人の弟を容赦なくぶん殴る父や、いつも父の顔色をうかがってばかりの母を、恋しいとも思えなかった。

無論、奉公が決まったときから、お店《たな》での日々の辛《つら》さは予想がついていた。目黒の家を出られるなら、少々は我慢するつもりだった。

さりながらそんな与五郎の覚悟を打ち砕くほど、店の手代や丁稚《でっち》たちは底意地が悪かった。

年の割に落ち着き、目鼻立ちが整っていることから、すぐに女中たちから可愛《かわい》がられ出した新入りが、よほど気に食わなかったのだろう。彼らはこそこそと裏に回っては、事あるごとに与五郎の邪魔をした。

蔵から帳面を取って来いと言いつけて外から鍵をかける、箱膳《はこぜん》の中をそっくり空にして食事の際に嘲笑《ちょうしょう》するといった嫌がらせは日常茶飯事。お仕着せの袷《あわせ》や前垂れを隠され、

「泣けば返してやるぞ」

と囃《はや》し立てられることも珍しくなかった。

だがそのくせ、小さい与五郎が飛びかかって顔をひっかけば、すぐ泣き面になって番頭に言いつける。

――泣くもんか。俺はあんな無様な泣き顔なんか、決して人に見せねえぞ。

そう思いはしても、番頭に呼び出され、べそをかいた丁稚と首を並べて説教される日が重なるうち、与五郎は次第にお店の者たちに、憎悪に近い感情を抱くようになった。

使いに出た足で、ふいっと店を飛び出したのはそれから間なし。奉公をはじめて半年

も経《た》たぬ頃である。

母には母なりの苦労があると分かっていても、もはや目黒に戻る気などこれっぽっちも湧《わ》かなかった。どの面下げて逃げ戻れようとの思いもあった。

浅草に流れ着き、広小路の人ごみでかっぱらいをしていた彼が、八田の勘兵衛に拾われたのは、九歳の秋。勘兵衛の紙入れを狙《ねら》って捕らえられ、そのままずるずると彼の家に居付いたのである。

「ふん、どれだけ殴られても涙一つこぼさねえ。なかなか肝の座った餓鬼《がき》じゃねえか」

「知らなかったとはいえ、親分の紙入れを盗もうと考えるなんざ、並のこっちゃねえな」

やがて年上の地回りたちの使い走りを務めているうちに、与五郎はふと自分の奇妙な性癖に気がついた。

小柄で女顔の彼はおとなしいとあなどられがちで、町の子供たちから喧嘩《けんか》をふっかけられる折が間々あった。子供の取っ組み合いだけに、勝つのはもちろん力が強いほう。どちらかが泣き出しでもすれば、その時点で喧嘩は終わりと相場が決まっている。

ところが与五郎は不思議にも、相手が途中で涙を見せた途端、喧嘩を止めるどころか、よりいっそう全力で相手に殴りかかっていく癖があった。周囲が止めようが、通りがかった兄さん連中に襟首《えりくび》をつかまれようが、泣き顔の少年になお立ち向かうそのさまは、

「まるで狂犬じゃねえか。喧嘩は退《ひ》け時が肝心だってぇのに、こいつにはそれが分からねえと見える」

と勘兵衛に首を傾《かし》げさせる荒々しさだった。

それでいて、常の腕っぷしは頼りなく、涙一粒こぼさない相手と喧嘩になった時には、はるかに年下の少年に殴り飛ばされて伸びてしまうこともある。

「わかったぞ。どうやらおめえは、泣いている相手を見ると、そいつが無性に憎く思えちまうみてえだな」

ひょっとしたらそれは、父や奉公先での記憶ゆえだろうか。

相手の涙を見ると、頭にかっと血が上り、それが年寄りだろうが女だろうが、前後を忘れて相手に乱暴を働いてしまう。その間はまるで無我夢中で、ただ相手を叩きのめすことしか念頭にないという自分の癖を、与五郎は勘兵衛の指摘で初めて知った。

とはいえ他人の涙なぞ、与五郎がどうこうできるものではない。悪鬼の形相で乱暴を働き続け、相手がぐったりと倒れ込んでから、ようやく我に返るということを、彼はそれからも幾度となく繰り返した。

博奕仲間やお紋は、与五郎のそんな悪癖を知らない。むしろ、日頃の寡黙《かもく》さを額面通りに受け止め、「年の割には大人しい奴だ」と言われている。

全てを飲み込んでいるのは八田の勘兵衛一人だが、彼は与五郎が「いつもの弾みで」

人を殺《あや》めても、

「しかたがねえな。自分で始末しな」

というだけで、それを怒りも咎《とが》めもしない。むしろそんな与五郎の奇妙さを、愉快がっているふしさえあった。

「お、お、お前さん。どうしよう」

性根が据わっているようで、やはり女である。お紋は歯の根のあわない声で同じことを繰り返すばかりでてんで役に立たなかった。

「どうしようもこうしようも、どこかに始末するしかねえだろう」

自分の情夫が他の男を手にかけたのを、目前にしたのだ。怯《おび》え、狼狽《ろうばい》するのも当然だが、あまりに調子外れなお紋の声がうとましく、与五郎はつい冷ややかな声で彼女を突っぱねた。

「始末って——」

前回殺したどこぞの棒手振《ぼてふ》りは木場の外れに埋めたし、その前の博奕仲間は大川に流した。

いずれの場合も今回と同じく、相手の涙を見てしまった末の出来事である。

だが場所選びがうまいのか、それとも単に運がいいだけなのか、与五郎が捨てた亡骸《なきがら》が見つかった例はこれまで一つもなかった。

そういえば押上の古井戸に捨てた巡礼親子の死体も、見つかったとの噂は聞いていない。

――死神ってえのは、女の神様なのかねえ。そうとも考えなきゃ、その悪運は理解できねえ。そうさ、きっとおめえは、死神に気に入られているんだぜ。

そう言ってにたりと笑った、八田の勘兵衛の顔が眼裏に浮かぶ。

この奇妙な運の良さを買われ、これまでいったいいくつの死体を捨ててきただろう。自分で手にかけた人数は、ほんの片手足らずだが、勘兵衛の命令で始末した亡骸は、もう思い出すのも不可能な数に上《のぼ》る。浅草一帯を取り仕切るには、それだけの血が必要なのだ。

「お紋、裏からいらねえ莚《むしろ》を持ってこい」

刃物沙汰《はものざた》にならなかったのは幸いだ。畳も綺麗《きれい》なままだし、なにより運び出す際に、血の跡を気にせずにすむ。

与五郎は死体の懐を探り、紙入れを取り出した。大した金が入っていないのは承知である。万が一、亡骸が見つかった場合、そこから身元が知れるのを警戒したのだ。

「い、いったい、どうするつもりだい」

「決まってるじゃねえか。埋めるなり沈めるなり、とにかくこいつをどこかに片付けるのよ」

与五郎の言葉に、お紋はごくりと唾《つば》を飲み込んだ。

血の気の失せていた顔に、ようやく色が戻り始めている。潤んだままの目元がわずかに赤らんでいるのにちらりと目を走らせ、与五郎は次第に冷たくなってゆく男に顎《あご》をしゃくった。

「こいつ、ここんとこずっとおめえに付きまとっていた吉介とかいう大工だろう。早いとこ始末しねえと、岡っ引きにかぎつけられ、おめえがこいつを殺めたことにされちまうぜ」

「なんであたしが――」

そう言いながらも、これまで自分が吉介をどのようにあしらってきたのかを思い出したのだろう。お紋の抗議の声は、尻すぼみに小さくなった。

うろたえて自分と男の死体を交互に見比べるお紋に、与五郎は奇妙な嗜虐《しぎやく》を覚えた。

「まあ、おめえに惚《ほ》れて惚れて死んだんだ。こいつもあながち、悪い気はしねえだろうぜ」

言いながら与五郎は、中身を抜いた紙入れを竈《かまど》に放り込んだ。

この長屋に住まうのは、お紋同様、夜の商《あきな》いの者ばかりである。先ほどは相当の物音がしたろうに、いまだ誰一人駆けつけてこないところからして、幸いにも全員出払っているのだろう。

くすぶり始めた紙入れにちらりと目をやると、

「やはり俺には、運があるらしい」

と呟《つぶや》き、与五郎は薄い笑みを浮かべた。

あれこれ勘案した末、吉介の死体は、大島橋に程近い石置き場の砂地に埋めることにした。大水でも出れば海に流されてしまおうが、これまでがそうだったように、死体が人目にさらされることはまずないという不思議な自信が、与五郎にはあった。

そう、あとは大船に乗ったつもりで、いつもと変わらぬ日々を過ごせばよかったのだ。

――それをお紋のあまが騒ぎやがるから、こんな羽目になったじゃねえか。

吉介の兄弟子と名乗る男の来訪に震え上がったお紋は、翌日からしきりに不安を漏らし始めた。

「あいつ、あたしと一緒になるんだって周囲に言い回ってたんだって。それが何も言わずにふっと姿を消すなんて解《げ》せねえと首をひねっていたけど、あれは絶対、あたしを疑っている顔つきだよ」

闇《やみ》にまぎれて死体を持ち出したが、ひょっとしたら誰かがそれを見咎めていたかもしれない。番屋に駆け込まれたらどうしよう、石置き場の死体が見つかったらどうしよう、そんな不安ばかり毎日繰り返すお紋が江戸を出ようと言い出すまで、さほどの日数はかからなかった。

「けどお前、江戸を出てどうするんだよ。これといって行くあてはないだろう」

「お江戸もどこも一緒だよ。あんた一人ぐらいなら、あたしが食わせてあげる。ねえ、お願いだから一緒に逃げとくれ」

お紋の言葉にしぶしぶうなずいたのは、朝から晩まで同じことばかり繰り返す彼女をなだめるのが、面倒になっただけである。

よく考えれば、与五郎が江戸にいなければならぬ理由は何一つない。金蔓《かねづる》でもあるお紋が江戸を出たいなら、まあしばらく付き合ってやっても悪くはなかろう。

実はかくかくしかじかの次第で、ちょっと旅に出て来やす、と告げても、八田の勘兵衛は軽く鼻を鳴らしただけでさして驚いた様子を見せなかった。

女の気まぐれに付き合うだけなら、三月《みつき》もすれば舞い戻ると考えているのだろう。帰って来たら知らせな、と念押しして、彼は足の爪《つめ》を音を立てて抓《つ》み始めた。

話がまとまれば、後は出立するまで。もともと旅立ちに日数のかかるような所帯ではない。道中に必要なのは往来手形と関所手形だが、与五郎もお紋も檀那寺《だんなでら》に手形を書いてもらえるような真っ当な身の上ではない。賭場仲間にそれとなく尋ねると、表街道を往来するのでなければ、手形がなくても特に困らないという。唯一の問題は箱根と新居の関所だが、これも街道を逸《そ》れて山から迂回《うかい》すればなんなく通過できると教えられ、二人は早々に江戸を後にしたのである。

——それが箱根山中で旅の侍に関所破りを咎められるとは、とんだ番狂わせもいいところだぜ。

何しろ月明かりだけが頼りの不慣れな山路《やまみち》である。逃げる途中で足をくじいたお紋は、見る見るうちに遅れがちとなった。途中で振り返れば、顔をひきつらせた彼女の背後には、旅姿の若侍がせまっていた。

ここで捕らえられては、江戸を出てきたのが無駄足となるばかりか、数々の旧悪まで暴かれかねない。

待っておくれ、と背後で泣き喚《わめ》くお紋を振り切って走り、気がついたときにはいくつもの峠を越えて三島宿近くに出ていた。

さすがに山を越えてまで、追っ手は来ないだろう。それでも用心に越したことはないと、与五郎は足を休ませぬまま、三島を通過して沼津へと向かった。

足を止めると、お紋の泣き声が耳に蘇りそうであった。

関所破りは磔《はりつけ》がご定法《じょうほう》だが、事と次第によっては道に迷った者として解き放たれることもあると聞く。お紋とて、吉介の一件を口にしなければ、お咎めなしで済まされるかもしれない。そう無理やり思い込むことで、与五郎は彼女を置き去りにした罪悪感を遠ざけようと努めていた。

元々、お紋の側から一方的に惚れられ、その好意にほだされる形で共棲《ともず》みを始めた仲である。それだけに我が身とお紋を天秤《てんびん》にかければ、どうしても己が可愛いという本音が出るのも仕方がなかった。

それに若い侍に追われながらも、与五郎の心の奥底には、

——言わんこっちゃねえ。やはりお江戸でおとなしくしときゃよかったんだ。

と、お紋の浅慮に舌打ちしたい気持ちもくすぶっていた。すべてあいつの身から出た錆《さび》じゃねえか、とも思っていた。

頭上を木々が覆いつくし、方向すら判然としなかった箱根山中を思えば、この界隈は平地というだけで嘘《うそ》のように歩きやすい。月明かりのため、山の稜線《りょうせん》がくっきりと分かるほど辺りは明るく、与五郎はいつしか、遠くから幾重にも重なって響いてくる波の音に向かって歩き出していた。

昨日の昼から何も口にしていないこともあり、身体は綿のように疲れきっている。浜辺でとりあえず手足を洗い、夜が明けるまでどこかで一眠りするつもりであった。

お紋がいなくなった今や、自分が旅を続ける理由はどこにもないが、とはいえ引き返すには、再び箱根を越えねばならない。だが上手く追っ手を撒《ま》いたという安堵《あんど》ゆえであろう。当初の不安は消え失せ、

——まあ、その気になればどうにかなるさ。

という開き直りが、彼の胸底に浮かび上がってきた。

関役人、特に下っ端の足軽の中には、いわくありげな旅人に声をかけ、彼らをこっそり関抜けさせて小銭を稼ぐ不埒者《ふらちもの》もいるという。実際、与五郎が浅草の賭場で会った伊勢者《いせもの》は、そうやって関を抜けてきたと語ったではないか。

今すぐ関所界隈に顔を出すのは剣呑《けんのん》だろうが、この辺で一月か二月ぶらぶら過ごし、ほとぼりがさめた頃に江戸に戻ってもよかろう。

足元がそれまでの土から砂地に変わったのを感じながら、与五郎はそんな算段を立てていた。

いつの間にか、浅間《せんげん》神社を通り過ぎて千本松原に踏み込んだらしく、周囲は見渡すばかりの松原に変わっている。

頭上を覆う松の木の間から差し込む月光は、松葉を通して常よりも青い。間近に聞こえる波の音とあいまって、あたり一面海の底かと疑うような清澄さであった。

しかし今の与五郎には、そんな風流を楽しむ心の余裕はなかった。積もった松葉が草鞋の足を刺すのを忌々《いまいま》しく思いながら、足早に浜へと向かう。

木々を透かして見れば、砂浜は白々と月明かりに照らされ、松林の中とは比べ物にならない明るさである。いったんそれに気付くと、松枝が黒々とした影を落としている林の中は、月の光こそあれはるかに薄暗く、決して気味がよいものではなかった。

――これだけの浜だ。どこかに漁師の番小屋の一つや二つあるに違えねえ。

ちょっとの間、そこで一眠りさせてもらおうじゃないか、と胸の内で呟きながら最後の松の梢《こずえ》の下を通り過ぎようとした与五郎は、冷たいものが額に触れた気がして足を止めた。

同時に視界の上端を、なにかがかすめる。

だが驚いて頭上を見上げても、そこでは松の太い枝が夜空を黒々と横切っているばかりである。

気のせいか、と再び砂浜に目を転じ、与五郎は今度こそ声にならない悲鳴を上げた。目と鼻の先に、生白い足がぬうっとぶらさがっていたのである。

「ひ、ひえええっ」

悲鳴をあげて飛び退《しさ》った与五郎は、勢い余ってその場に尻餅《しりもち》をついた。

死体には慣れている。つい半月前にも、一つ拵《こしら》えたところだ。本来なら、首くりの一体や二体で怖気《おじけ》づく彼ではなかった。

しかしつい先ほどまでは、見渡すかぎりの松林に穏やかに月の光が差し込んでいただけだった。こんな首くくりなど影も形もなかったという事実が、その心を震え上がらせていた。

ゆらゆらと揺れる死体から、与五郎は目を逸らせなかった。こちらに背中を向けているため、その顔はよくわからない。髷が解け、ざんばら髪が背中まで垂れているところからして、どうも女のようである。

その真下には片足から脱げたと覚しき粗造りの草鞋が、裏を見せて転がっている。長くほどけた紐《ひも》が松葉の上でうねり、あたかもそれは首を切られた蛇のように与五郎の目には映った。

かろうじて片方にだけ履物をひっかけたつま先にあざやかな爪紅《つまべに》がさされているのが、血の気のない肌とあいまっていっそう不気味であった。

風が強く吹き、松籟《しょうらい》が松林にこだました。

それと同時にぎい、と縄がきしむ音がして、首くくりの身体が反転する。長い舌をはみださせた顔がこちらを向いたかと思うと、血走った眼がからくり細工のようにがたりと動き、与五郎を捉えた。

お紋であった。

「ひ……」

恐怖に締め上げられた喉は、声らしい声を出せない。それでも与五郎はお紋のすさまじい死に顔に目を奪われたまま、泳ぐような足取りで立ち上がった。どうしてこんなところにお紋が、という疑問を抱く余裕すらなかった。

震える足で松の根を踏みしめ、一、二歩後ずさる。しかし彼は四方を見回すなり、すぐにまた悲鳴を上げてその場に転倒した。

お紋の隣の松の木に、別の死体が揺れている。与五郎の悲鳴に誘われたように、それはぐるりと反転すると生気のない目で彼を見つめた。

「よ、よ、吉介――」

息も絶え絶えな声に、首くくりは開いたままの口の端をにいっと吊《つ》り上げた――少なくとも、与五郎にはそう見えた。

いや、お紋と吉介ばかりではない。その隣の枝には、三年前に殺した巡礼の親子が、その更に隣には、大川に流したはずの博奕打ちがぶらさがっている。

いずれも与五郎が最後に見たときの姿で、目だけをぎょろりと動かし、まるで命あるもののように彼を凝視していた。

目を転じれば、今や青白い月明かりの差し込む千本松原のすべての松の木には、まるでその枝から生えて出たかのように、それぞれ首くくりがぶらりと垂れていた。

あたりは相変わらず、ただ波音と松籟だけが響く穏やかさに満ちている。異質なのは、時折、縄が枝をこすってかすかに耳障りな音を立て、そこここに大小の死体が揺れていることだけだ。

与五郎が身動きするたび、近くの首くくりが目だけを動かし、彼の姿を追う。いつだったか、勘兵衛の指示で谷中の廃寺に投げ捨てた浪人者、お紋と仕掛けた美人局《つつもたせ》に引っかかり、店の金を使い込んだ末、大川に飛び込んで死んだ炭屋の手代が、一つの枝に仲良く垂れ下がっている。

そしてその隣の松には、紙問屋に奉公に出たあの日、薄暗い土間で自分を見送ってくれた姿そのままの与五郎の両親と二人の幼い弟が、やせっぽちの足をそろえて揺れていた。

──ああ、そうか。

与五郎が奉公に出されたのは、生家がわずかなりとも金を得るためだった。幼い彼の奉公に際し、どれだけの銭が給料の前払いとして両親に渡されたのかは分からない。だがいずれにせよ、居もしない奉公人の給料を、お店が渡したままにするはずはない。与五郎が奉公先を飛び出した後、前払いした金を紙問屋の主《あるじ》が両親から取り上げたであろうこと、そしてその後、彼の家族がいっそうの貧困にあえいだだろうことは、たやすく想像できる話だった。

時折──そう、本当に時折、両親や弟たちがどうしているのか、気にならなかったといえば嘘になる。しかしそう思い巡らしていた日々がまったくの徒労であった事実に、与五郎はようやく思い至った。

──そうか、俺は知らない間に、親父《おやじ》やおふくろまで殺していたんだな。

恐怖のあまり感情が麻痺《まひ》した頭で、与五郎はそうぼんやりと考えていた。いつの間にか自分の頬を涙が伝っていることにも、気付かぬままであった。

幼い弟二人を道連れにしたのは、自分たちに辛酸を舐《な》めさせた長男同様、この子たちもいつか親を裏切ろうという絶望ゆえであろうか。それとも幼い彼らだけでは生きていけまいとの親の情であろうか。いずれにせよ、彼らの死の責めもまた、与五郎にあることは疑いようがない。

——そうさ、きっとおめえは、死神に気に入られているんだぜ。

違う。死神が女というのは誤りだ。他ならぬ自分が死神だったのだ。

風がまた、ひときわ強く吹き、松籟が大きくなった。それにつれて、ぎいぎいと縄の軋《きし》む音があちらこちらの梢から上がる。首くくりたちの声なき恨み言のように、それは松林にこだました。

——そういえば、俺がお店を飛び出したのも、こんな風の強い日だったっけ。

松林じゅうに死人が揺れている様は、子供があちこちの枝いっぱいに風鈴をぶら下げたように見えなくもない。

両親と弟たちがぶら下がった松の木の向こう側は、夜目にも白々とした砂浜である。そこに立派な松の木が、一本だけ他の木から離れ、月の光を受けてすっくと生えていた。海に向かって突き出した大枝が、黒々と茂る葉の先に沈みかかる十六夜月を宿らせている。不思議にもその枝にだけはまだ、首くくりはぶらさがっていなかった。

いくつもの目が、自分の後ろ背を追っているのが分かる。与五郎は蹌踉《そうろう》とした足取りで、砂浜へと踏み出した。

この身が死神とすれば、いまや自分の旅の目的はあの松の木以外にはないと思えてならなかった。

松籟がまた、ひときわ大きくなった。

精進池《しょうじんがいけ》

永井紗耶子

永井紗耶子（ながい・さやこ）
一九七七年神奈川県出身。新聞記者・フリーライターを経て二〇一〇年「絡繰り心中」で小学館文庫小説賞を受賞しデビュー。二〇年『商う狼　江戸商人　杉本茂十郎』で新田次郎文学賞・細谷正充賞・本屋が選ぶ時代小説大賞、二三年『木挽町のあだ討ち』で山本周五郎賞・直木三十五賞を受賞。『秘仏の扉』など著書多数。

○

霧が立ち込める中を歩いていると、港から霧笛の音が聞こえた。

関東大震災から復興を遂げたばかりの横濱の町は、そこここにその痛ましい爪痕を残しながらも、再びかつての華やかさを取り戻し始めていた。昭和二年の秋、十月のこと。

寒空の下、一人の男がコートの襟を立ててゆっくりと歩いている。

男の名は、池端といった。この横濱に小さな写真館を構えており、今年で二十七歳になる。

その池端にとってなじみ深いはずのこの町が、霧のせいかどこか異界にでも迷い込んだような奇妙な感覚を覚えさせた。

疲れているのか……

そう思いながら歩みを進めていると、細い路地が目に入った。そこに微かなネオンの明かりを見つける。煉瓦造りの古びたビルは、先の震災で倒壊を免れたのであろう。一階にはバーがあるらしい。

池端はさながら誘蛾灯に引き寄せられる虫のようにそちらへと歩いていく。

店のドアを開けると、L字のカウンターがあるだけの小さな店である。カウンターの中には、白髪に口ひげを生やした老齢のバーテンダーが、俯きがちにグラスを磨いていた。池端の姿を見つけると、

「どうぞ」

と、聞こえるか聞こえないか分からぬほどの小さな声で言った。池端はコートを脱いでそのカウンターの中ほどに腰を下ろした。カウンターの上にはステンドグラスのスタンドが、鈍い光を放っている。薄暗い店だ。

「ウィスキーをストレートで」

バーテンダーは、はい、とまたかすれた小声で言った。

ウィスキーを飲んで体を少し温めたら、もう一度あの霧の中を歩こうとも思えるだろう。

奇妙な日だ。

そう思いながら、狭い店内に視線を巡らせると、ふとL字のカウンターの最奥に人影を見つけて、思わず身を引いた。

ほかにも客がいたのか。

明かりの届かぬそこに、黒い服を着た男が、俯きがちに座っている。気配がまるで感じられなかったが、その姿に驚いた池端を見て、男はグラスを掲げて見せた。男が手に

しているのも、同じストレートのウィスキーであった。

池端は目の前に置かれたグラスを見て、何故か、早くそれを飲み干して外へ出たいような焦燥感に駆られた。しかし、グラスを手にした途端、

「どちらか、旅に出かけられていたのですか」

と、奥に座る男に問われた。不意の問いに、

「ええ」

曖昧に頷いた。

「なるほど……道理で」

男は、何かを分かったような口ぶりでそう言い、ふふっと小さく笑う。その微かな笑い声がひどく不快に思われて、池端は眉を寄せる。

「道理で……とは、何でしょうね」

知らず口調は強くなる。

「いや、失敬。ただ、あなたがこの街ではないところにいらしていたのだろうと……そういう気配を纏っておられたので」

「そうですか」

厄介な物言いをする。やはりここは、さっさと酒を飲み干して出た方が良さそうだ。

「……そう遠くはない、箱根辺りにいらしていたんですかね」

グラスに口をつけた途端にそう言われ、池端は驚いて手を止めた。暗がりの中で男の方をみやると、その目が微かな光を帯びて、こちらをじっと見ているのが分かった。

その男は三十歳くらいであろうか。薄明りの下のせいか、陰影を濃く刻んでいる顔立ちである。細身ではあるが、か弱い印象はない。とはいえ粗野さはなく、文士のような風情もある。

「よく、お分かりですね」

そう言うと、

「おや、当たりましたか」

ははは、と軽妙に笑った。どうやら当てずっぽうだったらしい。笑い声を聞いたせいか先ほどまでの妙な緊張が解けた。霧の中から逃れるように店に入り込んだのだから、暫くゆっくりしようと思い改め、ウィスキーを舐めた。

「実は、今日は散々でしてね。横濱でこの霧なので、箱根の方はもう、まるで先が見えないような有様でしたよ」

「しかしそんな日にどうして箱根へ」

池端は、ええ、と渋い顔をしてから、徐《おもむ》ろに口を開いた。

「こんなところに迷い込んだのも、何かのご縁でしょうか。誰かに聞いて欲しくもある。少しだけ話を聞いてくださいい……」

私はこの横濱に小さな写真館を開いております。父が開業した頃には、異人相手に日本各地の風景写真などをハガキにして売っており、外貨でもって大層羽振りが良かったとか。とはいえ大正のはじめになるとその商売は下火になり、そのうち記念写真や肖像を撮るのが主な仕事になりました。

その父も震災の直前に他界し、母は私が幼いころに亡くなったので、二十歳には天涯孤独になりまして。ともかくも残された店を継ぐために写真の修業を二年ほどして、店主となりました。すると今度は「主になったのだから」と周囲は縁談などを勧めてくれましたが、ようやっと仕事に慣れたばかりで結婚には乗り気になれず……一年を過ぎた頃にはあの大震災です。うちの近隣の建物も倒れたり焼けたり……しかしおかげさまで父が建てた煉瓦造りの写真館は無事でした。ただ中は散々の有様で。照明やカメラなどの大事なものも壊れました。

それでも写真を生業とするものとして記録を残そうと、震災の後もあちこちを撮って歩いていました。時には「何を撮っている」などと、怒鳴られたこともありましたよ。

しかしそれらもまた、東京の新聞社などに買い取られ、辛うじて写真館を再開することができました。手伝いに見習いの青年を雇う余裕もでき、少しずつ客足も戻ってきました。

ようやっと軌道に乗り始めたと思っていた今年の春ごろ。ふとカメラをのぞき込むと、そこに黒い影が見えるようになったんです。はじめはレンズの汚れかと思ったのですが、磨いても磨いてもそれは消えない。出来上がった写真にお客様が満足しているのを見て、気のせいなのだと思うようにしました。やがて、その黒い影はカメラのせいではなく、自分の目が悪いのだと気づいたのは、鏡に映った私の頭の右の辺りが黒い影で欠けて見えた時でした。

「疲れているんじゃありませんか」

手伝いの青年に言われたのですが、ゆっくり休んだ翌日になっても、まるで良くなる気配がない。むしろ今度は景色がゆがんで見えるようになってきた。慌てて病院に駆け込みました。

「何とか治してください。原因は何ですか」

医者は何度も私の目を覗き込み、首を傾げた。

「これといって、目には何の障りもありません。気の病ということはありませんか。震災から数年経って、気が緩んだ矢先に、そうした症状が出ている方もいるんですよ」

病院は、そうした気の病を抱えた患者たちが、連日訪れているのだとか。目の調子が悪いなどと人に言えば写真館がつぶれてしまうかもしれないと思うと、口にするのも憚られましてね。それでも次第に苛立ちは募るようになり、知らず青年にも怒鳴り声になってしまう。

「先生は変わられた」

そう言われて、流石にこのままではいけないと思い悩んでいた時、ふと新聞の片隅に小さな記事を見つけました。それは、湯治の効能という、ごくありふれたものでしたが、何やらひどく心惹かれたんです。

そこで青年には他の修業先を紹介し、思い切ってひと月ほどの休みを取ることにしました。

長らく家族写真を撮らせていただいていたさる富豪が、隠居生活に入って箱根の別荘で暮らしていると聞いていたので、

「少し、体を壊しまして、湯治に箱根に出かけたいと思います」

と連絡をとってみると、

「それならば、私のところに来ると良い」

と、歓待してくれました。

富豪の屋敷は芦之湯の近くにありました。重厚な木造の洋館で、大きなベッドのある

なってきました。

客室を支度してくれました。館の中に温泉もあり、望んだ以上の療養生活。場所が変わったせいか、休みを取ったせいか、目に影が映ることで感じる苛立ちもさほどではなくなってきました。

気の病だという医者の言葉もあながち外れてはいないかもしれない。思えば、このところ忙しく暮らしていた……それを癒せば少しは楽になるだろう。

そんな風に思い始めていました。

「気晴らしに、何かしてみたらどうだい」

富豪にそう勧められたのですが、目を傷めている自分にとって、かつては趣味にしていた絵を描くこともままならない。それならばいっそ、音楽などは癒しになるだろうが、楽器とはあまり縁がなかった。そう言うと、富豪が古びたハーモニカを一つくれました。

ハーモニカならば簡単だろうと思いましたがなかなかどうして、そうは上手く吹くこともできないものです。下手な音楽を奏でては、ちらりと女中に見られる度に「すみません」と、恐縮するのも居心地が悪く、私は一人、外へ出かけました。

屋敷を出てふらふらと国道を歩いていると、そこに岩場に囲まれた池が現れました。見るとその池を取り囲む岩には、仏の像が無数に彫られている。

不思議な場所……さながら異界にでも迷い込んだような心地がしました。不安に駆られて逃げようとしたのですが、しんと静まり返ったその池を見ているうちに、何やら懐かしさにも似た心地も湧いてきます。傍らの岩に腰を下ろしてふっとハーモニカを吹いてみました。その音は静寂を切って響き、私の下手な音楽が、何やら美しい旋律に聞こえるほど……

富豪の屋敷に戻り、その池の話をすると、女中たちが、

「ああ、精進池《しょうじんがいけ》でございますよ」

と、教えてくれました。その岩の仏……磨崖仏《まがいぶつ》は鎌倉時代に彫られたものだそうで、長らく街道を行く人々を守ってきたのだとか。

「おかしなことに、そこの傍には八百比丘尼《やおびくに》の墓もあるのですよ」

と女中が言いました。

「八百比丘尼……というと、あの」

「ええ。人魚の肉を食べたとか」

若狭の海に住む人魚の肉を食べた女が、不老不死の体を得て、時を越えて彷徨っているという御伽噺があるのを、私も以前に聞いたことがありました。

「それなのに墓があるんですか」

私が問うと、女中は、

「あら、そうですね」

と笑っていました。何やら色んな伝承が入り混じった土地のようでした。

箱根での療養の日々は、それなりに楽しいものでした。秋の初めはまだ青さを残していた木々が、すっかりと紅葉に染まり、仙石原の薄が銀の波を打つ。季節の移ろいを感じるのは、忙しない日々を忘れさせてくれました。

しかし次第に私は、横濱の喧騒が恋しいと思うようになってきました。

「目も幾分良くなったように思いますので、そろそろ一度、帰ろうと思います」

「帰れるようならば、そうした方がいい」

富豪にも言われたのが、昨夜のこと。

今朝、帰り支度も整い、小田原まで運転手に送ってもらうことになっていました。

「午後になりましたらお送りします」

運転手からそう言われ、手持無沙汰になった私は、ふともう一度だけあの精進池に行ってみたいと思い、屋敷を出ました。

そう遠くはない道のりをゆっくりと歩いていると、不意に近くの木々がざわめくような強い風が吹き、辺りで鳥たちが一斉に飛び立っていきます。雲行きが怪しいと思い立つ間もなく、突如として辺りに白い霧が立ち込め始めました。前も後ろも、上も下も分からぬほどの濃い霧の中を歩くうちに、私は己が今、どこにいるのかさえ分からなくなりました。

真っ白い霧の中で、ともかくも屋敷に帰ろうと思ったのですが、進んでいるのか迷っていくのか分からない。立ち止まることもできず足を進めるうちに、ゆるやかに道が下っていきます。手を伸ばすとそこには岩壁がありました。近づいて目を凝らすと、そこに仏の像があるのが分かりました。

磨崖仏だ。

そう思ったその時、一瞬の風が吹き、霧の切れ間から歪に伸びた木々がまるで手招きをするように揺れます。その向こうに静かに水を湛えた精進池が広がっていました。

水面が風紋を刻み、背後に山を構えている。風が吹いているというのに、音が聞こえぬほどの静寂で、却って耳が痛いほど。

私は別れを告げるように、ただ黙って静かにその水面と向き合っていました。そうしているうちに、再び霧が濃さを増してきました。

「急がなければ」

そう思って踵を返そうとすると、足首をぐっと何かに摑まれたような感触があります。足元を見るけれど、白い霧でほんの一寸先さえも見えない。足を引き上げようとするが上がらない。木の根にでも絡まっているのかと思って屈もうとすると、今度は肩にずしりとした重みがかかり、まるで動けない。

そのことに私は次第に焦りを募らせ、助けを求めて声を上げようとするが、何故か喉が塞がったように苦しい。

私は身の底から恐ろしくなり、目に見えぬ何かを振り払うように両手両足を力の限りに動かして暴れました。手を力の限り伸ばして背後にある冷たい岩壁をたどるうち、小さな仏の像に触れた時、ふっとその重さが解けたのです。

その瞬間、私は這う這うの体で国道へと逃れ、そのまま富豪の屋敷へと駆け込みました。血相を変えた私を見て女中は大層驚いていました。

「どうなさいました」

しかし何があったのか私にも分からない。

「横濱へ帰ります……帰ります」

ただ繰り返すことしかできません。

ふと玄関に置かれた鏡に映ったのは、青ざめた私の顔であり、頭の一部は黒い影に覆われて欠けて見える。目は治っていない。それでももう、これ以上、ここにはいられない。ここから逃げなければ……そう思いました。

○

「……そうして今、ようやっと列車で横濱に降り立ったのです。写真館に帰ろうと歩いているうちに、またもや濃い霧に阻まれて、今こうして、ここにたどり着きました」

池端はそこまで語り終えると、大きく吐息した。バーの隅にいた男は、

「なるほど」

と、返事をした。

池端は、自分でも何ともつかみどころのない話をしているので、男に失笑されるのではないかと思った。しかし男はさながら世間話でも聞くように、あっさりと聞き入れた。そして、何食わぬ顔でバーテンダーに「もう一杯」と頼む。バーテンダーは何も言わずに、琥珀色のウィスキーを注ぐ。トクトクトク……と、ボトルから注がれる音が響き、男はそれを受け取ると、軽くグラスを掲げて見せた。

「精進池……と言いましたか。あの池には謂われがあるのですよ。ご存知ですか」

男の言葉に池端は驚いた。

「いえ……そもそも、あんなところに池があることさえ、私は知りませんでした。あなたはご存知だったんですか」

「ええ。大分昔に、そこに行ったことがあるんです」

ほんとうに昔ですよ、と付け加えて、男は自嘲するように笑った。

「あそこには蛇神が住んでいるのだそうです。そしてその蛇神を退治するために、人々が蛇の嫌う金物を投げ入れた……それに怒った蛇神が、村人を殺したとか」

「……へえ」

御伽噺の類だろうが、なるほど、言われてみればそういう不穏な空気が似合う土地だ。

「その時にあった天災を、そうして語り継いでいるんでしょうかね。面白い話だ」

池端が言うと、男は意外なことを言われたとでもいうように目を見張る。

「なるほど、今時のお人なんですねえ」

おかしな返しがあるものだ。さながら己だけは今だけではない視座を持っているとでも言いたげに聞こえる。

男はウィスキーで口を潤しながら、まるで観察するような視線を池端に向けている。

「その蛇神は果たして何に怒り、誰を殺したのか……それを知りたくありませんか」

「それは、何かの比喩ですか」

「さて……お聞きになりますか」

その時、外で霧笛が鳴った。池端はその音を聞いてふと、店の外へと視線を投げかけた。

聞いてみたいという好奇心と、早く帰りたいという思いがせめぎ合う。そして好奇心がやや勝り、池端は再び男に向き直った。

「聞かせてくれますか」

すると男は、さながら己の記憶を手繰るような口ぶりで、訥々と語り始めた。

「さて、それは幾年前のことになりますか……それこそまだ、この横濱はただの浜であったのは勿論、江戸が江戸になる前であろうかという頃でしょうか」

▼

その物語は、庄次と言う一人の若者が箱根を訪ねたことに始まる。

庄次は患った目を治すために住み慣れた土地を離れ、箱根の芦之湯で湯治をしていた。なかなか目が治ることもなく、鬱々とした日々を過ごしている中、せめてもの気晴らしにと、元より好きであった尺八を吹きに湯治場から離れた池へと出向いた。

下弦の月が東の空に浮かぶ頃、庄次が吹く尺八の音は、甲高く辺りに響き渡る。視界は霞んでいても、庄次はそれでも尺八を吹くことで自らが癒されていくようであった。

二日ほどが過ぎた頃であろうか。いつものように尺八を吹きに池の畔に出向いた庄次は、その視界の隅に人影を見つけた。それは、長い黒髪をゆるく結った、色の白い美しい女であった。これまでここで人に会ったことはない。元より目を患っており周りがよく見えていなかった。しかし、女の姿は、はっきりと見えた。

庄次は人がいることが気にはなったが、尺八を構えてゆっくりと吹いた。するとその女は、静かに目を閉じて耳を傾けていた。そして、夜半にはいつのまにか姿を消していた。

宿に戻った庄次は、宿の者に、

「池の畔で女に会った」

と言い、その女が大層、美しい女であったと話した。

「どこの人なのだろう」

探してみたのだが、周りの村の者たちに聞いても、そんな女は見たことがないという。確かに、昼日中に村の中を歩いていても、あの女に出会うことはなかった。

「夜歩きで、夢でも見たか。狐に化かされたか。いずれにしても養生しなされ」

揶揄するように言われて、流石にそれ以上、その女について話すのは止めた。

翌日も、庄次はまたあの女に会えるかもしれないという期待を抱きながら池の畔へと出向いた。しかしその姿は見つからない。

やはり、気のせいであったかと思いながらも尺八を吹き始める。すると、どこからともなく女が姿を現して、庄次から少し離れたところにある岩に腰を下ろした。音色に耳を澄ませるように目を閉じているその横顔は、天女もかくやと言わんばかりの美しさで、思わず気もそぞろになるほどである。

「お前は、どこの人ですか」

庄次が問うが、女は口を開くこともせず、ただ伏し目がちに首を横に振り、何も言わずにその場を去ってしまった。

庄次は次第に、その女に会いたいという気持ちが日々、募るようになっていった。来る日も来る日もその女に聞かせるために尺八を吹くうちに、女は少しずつ少しずつ、近づいてくるようになった。

新月の暗闇の夜。

女はその宵闇の中で、庄次の傍らに腰を掛けた。庄次は尺八を吹いていたのだが、それを止めてからも、女は庄次の傍らを離れようとはしなかった。庄次は黙って女に向かって手を伸ばし、その頬に触れた。その頬はひんやりと冷たい。触れても女は逃げようとはせず、逆に庄次の胸にその身を預けた。

池の畔で草葉を褥に横たわり、庄次は女と抱き合った。暗がりの中でも肌の白さは輝くようで、庄次は己が満たされていくのを感じた。

その次の日からは、夜ごとに庄次は女と共寝をしたのだが、女は己についてはもちろん、口を開くことさえない。何処から来たかと問うても答えず、名を問うても名乗らない。何者か分からぬ女を抱いているのだということに、空恐ろしい心地がしないではなかったが、それ以上に庄次はこの女に溺れて行った。

十四夜、明るい月明かりの晩のこと。

いつものように女を抱こうと腕を伸ばすと、女はするりとその身を躱した。庄次は背中を向けた女を縋るように抱きしめる。

「今宵でお別れでございます」

女の声は、玲瓏とした響きを持っており、その声音に庄次は眩暈がした。

「何故」

そう問う庄次の腕をしっかりと抱きながら、女は更に言葉を継いだ。

「明日の満月は、この池の主が天に還り、災いが起きましょう。辺りは泥の海と化します。お前様は一人、逃げて生き延びて下さい」

「泥の海……」

かつて、嵐によって山が崩れ、川の水が氾濫し、村が一つ飲み込まれたという話を耳にしたことがある。果たしてそれはどんな有様であったのかと旅の者に聞いた時、その村はさながら泥の海のようであったという。そしてその泥に飲み込まれ、多くの人が死んだという。

「ならばその主とやらが還らぬように退治すれば良い」

庄次が言うと、女は腕をするりと抜けた。

「私がその主です」

そう言って見開かれた女の目は金色で、その瞳は糸のように細い。白くしなやかな手足も、細い首も、どこか人ならぬ者のようであり、それ故にこそ美しい。

「気づいておられたでしょう」

そう言われると、そうであったように思う。

村の女ではない。何処からともなくやって来るその女の正体が知りたいような、知りたくないような。

庄次は暫しの間、絶句して、その後に声を上げて笑った。

「そんなことはあるはずがない。ふざけていないで、こちらへおいで」

庄次が手を伸ばすが、女はそれをついと避けた。そして尚もひたと庄次を見据えた。

「誰にも言ってはなりません。ただ、今すぐにこの地から去りなさい」

そう言うと、ふっと女は庄次に背を向けた。そして止める間もなく池に向かって走っていき、そのままその中へと足を進める。

「おい」

名すら呼べずに声を張るが、水底に白い影がゆらりと見えて、消えていった。

果たしてそれは本当にあの女であったのか。そもそも、あれは真の出来事であったのか。もしも夢であるというのならば、それは何かのお告げであるかもしれない。

思い悩んだ挙句に庄次は村の男にふと漏らしてしまう。

「満月の夜、あの池の主が天に還る時に、災いが起き、この村が泥の海になる……そんな夢を見た。皆、村から逃げた方がいい」

ともかくも村人を逃がすことができればいい。もしもそれで災いが起きなければそれでも構わない。あれはただ、女が別れの口実に使った嘘だったのだと思うだけのことだ。

しかし村の男が出した答えは違っていた。

「あの池の主を、退治してしまえばいい」

庄次が止めるのも聞かず、村の男は村人たちに声を掛けた。

「池の主は蛇神だと聞いたことがある。蛇神は金物を嫌うという。ありったけの金物を集めてあの池の畔へ向かえ」

村人たちは夕暮れ時になると手に手に金物を持ち、松明を翳しながら山道を登っていく。磨崖仏に囲まれたその小さな池に向かって、村人たちは次々に金物を投げ込んだ。

庄次はその様子を戦《おのの》きながら眺めていた。

己のたった一言で、村人たちが血相を変えて、正体の見えぬ何者かを殺めようとしている。立ち上る殺意と闘志に怯え、愕然とした。

「蛇神が目覚める前に引き上げろ」

誰ともなくそう声が上がり、皆が一斉に池の畔を離れていく。庄次はその場から動くことができなかった。磨崖仏を背にしたまま、固まったように動くことができない。

これでもし、あの女が蛇神なのだとしたら。果たしてこれから何が起きるのか。

満月が中天にかかると、地響きのような音が鳴り響き、庄次の足元が揺れた。池の水面が激しく波打つと、底から叫びのような声が空気を劈き、やがて水面に白い蛇体が姿を現した。その大きさは十尺は超えようかという大きなものであり、金物にやられたのか、体のそこここに傷を負って血が滲んでいる。水飛沫を上げてのたうち回るその蛇は、血走った眼をして水面に上がり、庄次の姿を視界に捕らえた。

「……違う……違うんだ」

庄次は思わず口がそう動く。

誰にも言わぬという約束は破った。しかしそれは、池の主を退治するつもりではなかった。ただ村人が逃げればいいと思っていただけなのだ。

蛇は口を開いて牙を剝きながら、庄次に向かって勢いをつけて這い迫って来る。庄次は思わず目を閉じて、ぐっと身構えた。しかしその直前で蛇は急に動きを止め、そのまま、どうと身を横たえる。

庄次が黙って見ているとその蛇の傍らにあの女が立っていた。女は肩で息をする。髪を振り乱し、目じりは泣いたように赤い。それはいつもの静けさを纏う姿とは違うが、それもまた美しい。

「何をして下さったのか」

声は低く、地の底から響くようであった。庄次はそのままその場に膝を折る。

「すまない……ただ、私はどうしても人だから……助けたいと思ってしまった」

庄次はその場で手を合わせ、崩れるように額をついた。女の手は真っすぐに伸び、そのまま片手で庄次の喉を締め上げる。長い爪が食い込み、庄次は苦しさに喘ぎながら、女の手を掴む。その手は変わらず白いが、そこには白い鱗がぎっしりと生えていた。

ああ、蛇神は本当だったんだ。

それなのに何故それを疑ったのか。

そう思うと、庄次の両目からはほろほろと涙が零れた。その涙は頬を伝い、女の手に落ちる。すると女は弾かれたように手を放し、庄次を放り投げた。庄次は地面に転がりながら、辛うじて女を見上げる。

その時、辺りに白い霧が立ち込めてきた。その霧は吸い込むと苦みがあり、喉の奥を刺すようである。すると女はその場に膝をつき、庄次を抱き寄せるとそのまま深く口づけた。すると庄次はようやっと息ができる。庄次は縋るように女の腕を掴む。すると女はその金の目で庄次を見据えた。

「私の依り代であった蛇体が、瘴気を放ち始めている。この霧が下っていけば村は遠からず滅びよう。お前のしたことは全て無駄だ」

哀れみともとれる声で女はそう言った。そして辺りを見回す。庄次も顔を上げると、霧は次第に濃くなっていく。

「諦めよ。お前様は私を裏切った。その報いを受けねばならない。もう助からぬ」

見れば、己の身には蛇の鱗が無数に刺さっており、あちこちが痛む。先ほど霧を吸ったせいか、次第に意識が遠ざかる。

「ただし、人を助ける術はある」

女の声は不意に柔らかく優しく響いた。

「どうすればいい」

掠れた声で問いかけると、女は庄次の手を取った。

「私の贄となれ」

「贄……」

「私と共に水底に沈む。私はお前様を食らい、祀りを経て、再び神になる。さすればこの地は鎮まり、人々は助かろう」

庄次は、ははは、と力なく笑った。すると女は何がおかしいのか分からぬ様子でただじっと庄次を見る。庄次は女に向かって手を伸ばす。

「お前のような美しい人と沈むのならば、贄にでもなろう。村には未練もない。何の役にも立たずに屍になるくらいなら、その方がいい」

女は黙って庄次を見つめた。

「お前様はここで死ぬ。されど私はお前様の身を食らうが、魂は食らわぬ。それは私の恩情だ。この裏切りの代価として、お前様は生まれ変わるその度に、私に会いに来なければならぬ。そうせねばならぬ」

それは口ぶりこそは命令であるが、声音は懇願に似ていた。庄次はそれが嬉しく思われた。

「ああ、会いに来よう。何度でも詫びよう」

女はその言葉を聞き遂げると、そのまま庄次の身を掻き抱き、水の底へと沈んでいった。

そしてそれ以後、庄次の姿を見た者はだれ一人としていなかった。

○

「……その池の名が、精進池というのです」

奇異な話を、抑揚もなく淡々と語り終えた男は、グラスの縁を指先で弾いた。その甲高い音が狭い店の中に響き、池端はその音でふと我に返ったように辺りを見回す。

池端はここがその池ではなくて、小さなバーであることを思い出し、大きく息をついた額に浮いた汗をぬぐった。

「まるで、見てきたように語るんですね」

　やや揶揄するような口ぶりではあるが、どこか声には緊張が混じる。男はにやりと口の端を上げて笑った。

「長く生きているのでね」

「え」

「ほら、あの精進池には、八百比丘尼の墓があったでしょう。あれと同じです。私は不老不死の呪いを受けているんですよ」

　男はしれっとそう言った。池端は愈々《いよいよ》訝しんで眉を寄せ、首を傾げた。すると男は、ははは、と軽やかに笑った。

「……よくできた話だと思いませんか」

　どうやら冗談らしい。この男は小説家くずれの文士のような輩なのかもしれない。

「芝居か何かをなさるんですか」

「芝居……と言うのではありませんよ。ただ、色々と余計なものが聞こえてしまう性質なのです」

「聞こえてしまう……」

「ええ。先ほどあなたがこの店に入ってきた時から、ずっとこの話をしなければならないと……そちらから言われておりまして」

そう言うと男は池端の肩先を指さした。池端は慌ててそちらを振り返ったのだが、そこには人の気配などあるはずもない。先ほどから店の中には、池端と男とバーテンダーの三人しかいないのだ。

「もう……揶揄《からか》ってはいけませんよ」

池端がそう言って笑うと、男は、ほう、と唸るように頷いた。

「その目、治して差し上げましょうか」

男の言葉に池端は眉を寄せる。

「簡単に言ってくれますね。医者も分からぬと言っているものを……」

「ええ。そうでしょうとも。しかしね、そうして見えなくなっているのは、あなたが逃げておられるからだ」

「逃げている」とは聞き捨てならない。逃げている覚えはない。むしろ、この目に影が現れてからというもの、ひたすらその影と戦い続けてきた。軽々しい口ぶりで語られるのはさすがに癪に障る。そして、目の前の男がつくづく怪しいと思い始めた。したり顔で御伽噺のような物語を滔々と語り、あまつさえ背後に何かいるなどという。

さっさと酒を飲み干して出ていこう。

池端がグラスに手を伸ばすと、奥の男がぬっと立ち上がり、L字のカウンターをなぞるように手を添えながら歩いてきて、池端の傍らに立った。

暗がりの遠目で見た時には分からなかったが、間近に来ると背の高い男である。そしてその身からは微かに甘い香りがした。黒いコートの洋装で文士崩れの風情から、舶来の香水が似合うように思えたのだが、古風な沈香の香りである。

「私はあなたが羨ましいですよ。あなたはただ、約束を果たせばいいだけだ」

男はそう言うと、

「え」

と聞き返す池端の言葉を待たずに、不意に左手で池端の肩を抑え込んだ。次いで右の手のひらで池端の目を覆う。

「何を」

すると男は池端の耳元に口を寄せる。

「さ、しっかりと目を開けてごらんなさい」

そう言うとゆっくりと池端の目から手を放した。池端が目を開けるよりも早く、男はそのまま店の外へと出て行った。

「おい」

呼び止めようとして振り返ったその時、

「これは……」

先ほどまでとは違い、景色は歪まず、輪郭がはっきりと見えるようだ。

バーカウンターの奥にある鏡に目をやった。

今朝、頭の辺りを覆っていたはずの影がない。だが、その代わり何だか白い靄のようなものが見えている。しかし黒い影に比べるとはるかに見やすい。

「……あの人、何者なんですか」

池端が問うと、バーテンダーは、さあ、と首を傾げる。

「いつも黙ってお酒を飲んで帰られます。今日は珍しく饒舌で……余程、あなたのことが気になったのでしょうねえ」

饒舌というにしては、世間話とは程遠い話をされた。

「さっきの話は何だったんだろう」

「箱根は昨今みなさま湯治にお出かけですし、横濱からも近いので、異人さん方もいらっしゃいます。忘れられた御伽噺を、語ってみたくなったんでしょう」

そういうこともあろうかと、それ以上を考えることはやめた。

それから暫く何を語ることもなく、杯を重ねたが、飲めども飲めども酔えない。何杯目かのグラスを手に取ろうとした瞬間、己の手首を真っ白い手が摑んでいるのが見えた。

「わ」

叫んで手を引いて立ち上がる。

「どうなさいました」

見れば相変わらず、この店の中には自分とバーテンダーしかいない。先ほど摑まれていた手首を摩ると、はっきりとその感触が残っているように思う。

「いや……気のせいだね」

「酔っていらっしゃるのでしょう。今日はこの辺りでお止めになった方が」

穏やかな口ぶりで言われ、そうだね、と笑った。

コートを羽織って外へ出ると、先ほどよりは霧は少し薄くなっているように思われた。しかし、時刻は深夜の一時を過ぎており、辺りには人気はなく、方々の明かりも消えている。遠くで犬の遠吠えが聞こえるほかは、生きている者の気配がしない。

大通りから関内の方へ向かっているはずなのだが、いつまでもいつまでも、波が防波堤に当たる水音が聞こえている。

道に迷っているのか……

そう思った時、ふと風が吹いて霧の切れ間の向こうに煉瓦造りの自分の写真館が見えた。

「ここまで来ているのに……」

港から歩いて十五分はかかる。辺りには川も何もない。それなのに、先ほどからずっと水の音が聞こえている。それもごく近く。すぐ耳元に。

不意の眩暈に襲われて、写真館の壁に手をついた。まるで水の中に沈んで溺れていくような苦しさを覚え、肩で喘ぐように息をする。水を掻くように霧を掻くと、その霧の向こうに人影が見えた。縋るような思いでその人影に向かって手を伸ばす。

それは、長い黒髪に縁どられた白い輪郭の美しい女である。伏し目がちに立っていたその女が、ゆっくりと目を開き、池端を見た。その目は金色で、瞳は線のように細い。

先ほどのバーで、男が語っていた御伽噺を思い出す。

あれは、御伽噺であったはずだ。

ふと女と目が合った瞬間、己の両目から止めどなく涙があふれ始めた。

「違う……違うんだ……」

口から漏れたのはその言葉だ。

そう、あれは……あの話で池に引きずり込まれ、蛇神の贄となったのは自分だ。

他でもない、私がこの女を愛し、裏切った。

「裏切ったわけじゃない……」

ただ、人を救えるのなら、と思っただけだ。

……いや違う。恐らく私は、半ば女が愛おしく、半ば怖かった。逃げたいと思った。

だから思わず村人に告げたのだ。

「約束を覚えているか」

その声が響いた瞬間に、池端は、ああ、とはっきりと思った。

女は私を迎えに来たのだ。二十七歳の秋、神無月、満月の夜。私はこうして幾度も幾度も生まれ変わりながら、女に会うのがその運命。

池端は自ら腕を伸ばして女の手を摑み、引き寄せる。女の身が己の腕の中に納まると、その身はひんやりと冷たい。女の爪が背に食い込むように強く抱きしめられる。

その時ふと、あのバーの男は何者であったのかと、脳裏に微かな疑問がよぎったが、次第に頭の中にも霧が立ち込めるように思考が混濁し、全てが蛇神に吸い込まれて、池に沈んでいくようであった。

●

女は池端を搔き抱き、座り込んでいる。

黒いコートを纏った男は、霧の中に佇んで、その女を見つめた。女は男の視線に気づき、ゆったりと顔を上げる。

「それは、お前が贄として食らった若者か」

男の問いに、女は愛しそうに池端を抱き寄せる。

「何度、生まれ変わろうとも会いに来ると約束した。だから池に呼び寄せたのに、逃げようとしたから、こうして迎えに来たのだ」

そして女はその視線を上げて男を見上げる。

「お前は幾年《いくとせ》、そうして彷徨っているのか」

女の問いに男は答えない。男の沈黙に女はふっと口の端を上げる。

「お前は哀れだね。いつまでも死ねない」

ふふふ、と忍び笑いの声を残し、再び霧が濃くなっていく。そして前後さえも分からぬ霧が立ち上ったと思うと、次の瞬間、港の方から強い風が吹き抜けていく。やがて霧が晴れていく。

池端を抱いた女の姿は掻き消えていた。

一人そこに残された男は霧が晴れていく夜半の街の中に佇んでいる。

空には満月があり、地には大きな蛇が這ったような蛇行する水跡が残されていた。

ばんば憑《つ》き

宮部みゆき

宮部みゆき（みやべ・みゆき）
一九六〇年東京都生まれ。八七年「我らが隣人の犯罪」でオール讀物推理小説新人賞を受賞しデビュー。『火車』で山本周五郎賞、『理由』で直木三十五賞、『名もなき毒』で吉川英治文学賞、ほか多数の文学賞を受賞。『霊験お初捕物控』『ぼんくら』『三島屋変調百物語』シリーズ、『きたきた捕物帖』シリーズなど著書多数。

軒を打つ雨の音が、少しばかり優しくなったようだ。

ようよう雨脚が衰えたか——と、ぼんやり眺めていた『諸国温泉効能鑑《しょこくおんせんこうのうかがみ》』から目を上げると、格子窓をわずかにずらして表をのぞいたお志津《しづ》が、声をあげた。

「あら、霙《みぞれ》だわ」

言葉と一緒に吐き出した息が白い。たちまち吹き込んでくる寒気から逃げるように窓を閉めようとするのを、佐一郎《さいちろう》はそっと寄っていって妻の手を押さえ、首を伸ばして外へ目をやった。

なるほど雨音がやわらいだのは、雪が混じり始めたからだった。窓の欄干へと手を伸ばしてみると、細かな氷の粒が掌《てのひら》に落ちてくる。

「すっかり雪になるのかしら」

さも憂鬱《ゆううつ》そうにため息をついて、お志津は彼の背中に寄り添う。

「江戸のお天気もこんな具合だったら、天神《てんじん》様の梅もおじゃんだわね」

佐一郎はすぐには答えず、降ってくる霙を受け止めていた。見上げれば雲は厚い。軒のすぐ上にまで、灰色に垂れ込めている。

雨が降り始めたのは、一昨日《おととい》の暮七ツ（午後四時）ごろだったろう。佐一郎たちはちょうど、この戸塚《とつか》宿にさしかかったところだった。霧雨のような弱い雨ながら、そのまずっと降り続き、昨日の宵になっていったんは止んだ。それが今朝は明六ツ（午前六時）すぎからまた降り出して、雨粒も大きくなり、もう昼食《ちゅうじき》も済んだというのに、いっこうに止む気配を見せない。

「雲が動いていないから、雨もこのあたりに居座ってるんだろう」

佐一郎が窓を閉めようとせず、かえって肩まで外に身を乗り出すようにしたものだから、お志津は彼の背から離れて、座敷の火鉢に取りついた。

「江戸は十里半の先だからね。天気は違っているかもしれないよ」

夫婦が逗留《とうりゅう》するこの座敷は、宿の正面の二階にある。宿の出入口は茶屋も兼ねており、広い土間に大きな湯釜《ゆがま》が二つ据えてあって、いつも湯を沸かしている。今もそこからひとかたまりの白い湯気が立ちのぼってきて、佐一郎の鼻先をふわりと温め、すぐに消えた。

つい先ほどは、出入口の方からにぎやかな人声が聞こえていた。また泊まり客が入ったのだろう。雨のせいで不意の客が増えたのか、だんだんと混み合ってきている。並びの座敷や廊下の人声も騒がしい。

「寒くってかなわないわ。閉めてちょうだいよ」

お志津の声が尖《とが》ってきたので、佐一郎は素直に窓を閉めた。振り返ると、妻は宿のどてらにくるまって、火鉢にかじりついている。恨みがましいような目をして佐一郎を睨《にら》むと、またため息をついた。

「この分じゃ、まだ足止めね」

「そう不機嫌な顔をするもんじゃないよ」

彼は優しく言い聞かせた。

「急ぐ旅でもあるまいし、いいじゃないか。お天道様が顔を出してくれたなら、その日のうちに帰れるよ」

「せっかく湯治してきたっていうのに、また身体が冷えちまう」

「そんなら箱根に引っ返そうか」

「あんな山道、もうたくさん」

「じゃあ鎌倉へ回るとか、大山詣《もう》でに江ノ島の弁天様もいいね」

「お足がかかるわ。足りなくなるわよ」

「文で路銀の無心もすればいいさ。金が着くまでは、のんびりとここにいよう」

どこまでも明るい佐一郎の口調に、お志津は口を尖らせて黙った。ちょうどそのとき、大きな声で何かしゃべりながら、男客が数人廊下を通りかかった。途端に、お志津はこめかみに指をあてて顔をしかめた。

「ああ、うるさい。頭が痛くなる」

佐一郎は微笑んだ。お志津のわがままとは、昨日今日始まった付き合いではない。

佐一郎とお志津は、江戸は湯島《ゆしま》天神下で小間物商を営む「伊勢屋《いせや》」の若夫婦である。連れ添って三年。佐一郎が二十五、お志津は二十一になる。

商いの種類を問わず、江戸市中に「伊勢屋」の屋号を持つお店《たな》は数多《あまた》ある。無論そのすべてが縁続きというわけではないが、若夫婦の伊勢屋は大人数の一族だ。そのお店はこれまた商いの種類を問わず、すべて伊勢屋の看板を掲げている。

天神下の伊勢屋は本家であり、既に六代を数える。代替わりや暖簾《のれん》分けでそこから分家が増え、それがまた相互に嫁をもらったり婿をとったりして血筋の繋《つな》がりを強め、姻《いん》戚《せき》の数を増やしてきた。佐一郎とお志津も、父方の又従兄《またいとこ》妹同士にあたる。

佐一郎の実家の伊勢屋は本所《ほんじょ》にあり、やはり小間物商だが、格下の分家であって、お店も小さい。だが、その次男坊の佐一郎は、どこをどう見込まれたのか、十歳になると、本家の一人娘であるお志津の許婚者《いいなずけ》に定められ、天神下に養子に入って、そのまま婿になった。佐一郎という名前も、本家の跡取りが代々その名を名乗るので、養子に入ったとき改名したのである。いずれ主人《あるじ》になればまた、本家の主人が代々名乗ってきた佐兵衛《さへえ》と改めることになる。

もっとも、それは当分先の話だろう。佐一郎にとっては養父母であり舅姑《きゅうこ》である今の治にあって健勝だ。商いも順調、お店は安泰。だからこそ若夫婦を、箱根の湯治になど送り出してくれたのである。

水入らずの二人旅ではない。嘉吉《かきち》という、古参の下男が供についてきた。彼にとってはのんびりした旅ではなく、逗留する先々で若夫婦の世話を焼きつつ、宿でも半端仕事を見つけて宿賃を浮かせる。あるいは駄賃を稼いで路銀の足しにする。今もたぶん、釜《かま》焚《た》きや薪《まき》割りに励んでいることだろう。お志津が相部屋を嫌うので、どこでも座敷をひとつ占めてゆったり泊まってきた若夫婦と違い、嘉吉は入れ込みの座敷で雑魚《ざこ》寝《ね》の旅だが、気が張っているから疲れもしまい。

それというのも、嘉吉は若夫婦のお目付役なのである。というより佐一郎の見張り役だ。お志津を労《いたわ》り、優しくしているか。お志津の機嫌を損ねるようなことはないか。お志津の目を盗んで道楽をしないか。

肩揚げがとれる前から本家に奉公している忠義一途《いちず》な老人で、佐一郎の実家のことは末端の分家だと見下げているから、嘉吉の目は冷たい。そしてその冷たさは、実は舅姑の目の冷たさにも通じている。

彼らは揃って佐一郎を、本家を守り、跡取りをつくるため、選《え》りに選って見定めて、ここまで育てた種馬ぐらいに思っている。種馬があんまりならば、使い込んで鍛えた道具といえばよかろうか。養子に入った後であっても、佐一郎に彼らの意に沿わぬ気質や素質が現れたならば、すぐにも実家に返されたろう。そんな羽目にならなくって幸いだった。

それでは若夫婦が不仲かといえば、そんなことはなかった。兄妹のようにひとつ屋根の下に置かれた二人は、互いに親しみ、懐いて育った。お志津はいつまでも幼心が抜けず、夫婦になってからも、佐一郎のことを、子供のころのままに「さいっちゃん」と呼ぶ。何かで不機嫌になっていないときは、甘えん坊の可愛い女だ。

それに何より、天神下でいちばんの小町娘とうたわれたほどの美人であり、その美しさは、若妻となっていや増した。佐一郎は今もときどき、お志津のふとした立ち居振る舞いに見惚《みと》れてしまうことがある。器量よしの女房殿を、心底自慢に思ってもいる。この旅の道中でも、逗留先で、足を休めた茶屋で、お志津の美貌《びぼう》に目を惹《ひ》かれる男たちの白地《あからさま》に羨《うらや》ましそうな顔つきに、幾度も小鼻をふくらませたものだった。

ただこの若夫婦にも、ひとつだけ悩みがあった。仲睦《なかむつ》まじくしているのに、未《いま》だに子宝を授からないのだ。跡継ぎが生まれないというのは、お店にとっても大きな懸念である。

お志津は本家の母と二人で、これまで様々な手だてをこうじてきた。子授けの霊験高いという神仏にはあらかた参拝してきたし、効き目があるという噂を聞けば、高価な生薬や珍しい食べ物なども、片っ端から手に入れて試してみた。占いや拝み屋にもずいぶんと金を費やした。

今般の箱根への湯治旅も、実はそのためのものである。お志津は子供のころから寒がりだったし、今も手足が冷えやすい体質《たち》だ。それが良くないのだと誰かに吹き込まれ、ならば湯治がよかろうという話になったのだ。

子授けの効能があるという温泉はいくつかあるが、評判高いところはどこも江戸から遠い。自然と、行き先は箱根に落ち着いた。箱根の湯治なら、本家の先代の主人夫婦、つまりお志津の祖父母が出かけたこともあり、馴染《なじ》みもあれば手配の勝手もわかっているということもあった。

お志津は当初、両親を差し置いての箱根行きを嫌がった。「お祖父《じい》ちゃんお祖母《ばあ》ちゃんだって、おとっつぁんとおっかさんに無事にお店を譲って、隠居してから出かけたんでしょう？　おとっつぁんとおっかさんも、いつかは箱根で湯巡りするのを楽しみにしていたんじゃないの。それをあたしが先なんて、気が重いわ」

それでも行けというのなら、親子四人で行こうと言い張った。だが、それではお店が空《から》になる。本家には、嘉吉と同じくらい忠義の大番頭がいるけれど、商いの舵《かじ》取りを奉公人に任せて、お店の頭《かしら》が揃って温泉三昧《ざんまい》では、得意先への聞こえもよろしくない。内実はどうあれ、名目だけでもはっきりした湯治の目的がなければ通行手形もいただけない――と両親に説きつけられ、早く孫の顔を見せてくれとねだられて、やっと折れたお志津なのだった。

それでも、寒いうちは嫌だと日延べしようとするのを、今度は佐一郎が説きつけた。寒いうちだからこそ、身体の冷えをとる温泉がよく効くんだよ。おまえが風邪をひかないように、足に肉刺《まめ》ができないように、道中もゆっくりゆっくり、私がよくよく気をつけるから出かけようよ、と。

そして本当に、彼はまめまめしくお志津にかまってきた。それは嘉吉も認めてくれるだろう。道中の折々に機嫌をとり、お志津が疲れたといえば休み、寒いといえば着せかけ、歩きにくいと拗《す》ねればおぶってやり、道中の景色や風俗のきれいなもの、珍しいものを教えては気を引き立ててやる。嘉吉はお志津の身の回りの世話ならできるが、お志津を楽しませ、笑わせることは、佐一郎にしかできない。彼はこのために、旅の以前に案内書や紀行書を読みふけって、いろいろと備えておくことも忘れなかった。

季節や天気の具合にもよるが、江戸から箱根への往復には、普通は四、五日で足りる。それを佐一郎とお志津は、往路だけで六日をかけた。それだけお志津がわがままを言ったのだし、佐一郎も（もちろん嘉吉も）それを叱らなかった。ようよう着いた箱根では湯本《ゆもと》に宿をとり、湯治の一巡り目の七日をそこで過ごしてから、二巡り目は塔《とう》ノ沢《さわ》へ移り、三巡り目も留《とど》まった。

佐一郎は、せっかく来たのだし、箱根七湯をすべて巡りたいと思っていたのだが、お志津は面倒がった。とりわけ七湯のなかでも便の悪い蘆《あし》ノ湯《ゆ》や木賀《きが》には洟《はな》もひっかけないというふうだった。そして二巡り目に入るともう飽きてしまった。塔ノ沢に移ってからは、宿の賄いが不味《まず》いというので、地元の料理人を雇って膳《ぜん》をこしらえさせたら少しは機嫌を直し、だがそれにも間もなく不満が出てきた。田舎料理は味が濃いとか、宿の女中が小うるさいとか、まあ言うことはいろいろである。

湯治の基本は三巡り（二十一日間）がひと区切りだ。実病ではないお志津には、効能が目に見えるわけはなく、だから逗留を延ばすのも勝手なのだが、佐一郎にとっては残念なことに、お志津はひと区切りがつくと、まるで何かの修業が終わったかのようにせいせいした顔で帰りたがった。考えてみればお志津の暮らしは、家にいようと湯治宿にいようと、上げ膳据え膳で飯を食い、身の回りのことはすべて人任せで、何の変わりもないのである。だったら、

「田舎は嫌いよ。性に合わないわ」

と、言い出すのも不思議はない。じきに春を迎えようとする山の眺めも、鳥たちの鳴き声も、地元の川魚や山菜の料理も、そして何より、釜を焚かずとも渾々《こんこん》と湧き出す熱い温泉の有り難みも、お志津には通じなかった。

こうして、若夫婦は帰路についた。帰心矢の如しとまでは言わずとも、早く水道の水を飲みたいというお志津の足は往路よりは達者で（あるいは湯治が効いたのかもしれな

い)、この分なら三日とかからず朱引《しゆびき》の内に帰れる——と見込んでいたのに、こうして戸塚宿で足踏みをすることになった。

戸塚は東海道を下る者が、最初に泊まる宿場だ。現にこの宿のこの座敷は、往路でも若夫婦が泊まったところだった。

日本橋まで十里半、「もう目と鼻の先だ」「ここまで戻れば江戸に着いたも同然だ」と、旅慣れた者なら言うだろう。この雨降りにしても、よく降るし足元が悪いというだけだ。どこかで道が崩れているわけでも、川が溢《あふ》れているわけでもない。今朝もこの宿から、笠《かさ》をかぶり蓑《みの》を着込んで出立していった人びとがいた。江戸でお客が待っているという行商人や、路銀をやりくりしながら一生に一度のお伊勢参りに行こうという講の衆。みんな、ただ雨だからといって旅をやめにはしない。

——まだ足止めね。

というお志津の言葉は、あくまでも「雨のなかを歩きたくない」という勝手な言い分なのである。その言い分を通せるのは、法外に恵まれていることなのだ。

そして佐一郎は、それに付き合っている。

本音では、それを喜んでいる。

箱根に戻ろうかとか、鎌倉に回ろうとか、けっして口先だけで言ったことではない。本当にそうできたらいいと思っている。江戸に帰る日を先延ばしにできるなら、お志津の不機嫌が募ろうと、雨が降り続いてくれたらいいと思っている。

この旅で、佐一郎は久しぶりに心がほどけた。気楽というのはこういうものだと思い出した。本家に入って以来、こんな気分は忘れていた。

旅に出るとき、そんなつもりがあったわけではない。なにしろ嘉吉がついてくるのだ。家にいるときと同じと思っていた。それは大きな見込み違いだった。

本家の佐一郎は、舅姑《きゅうこ》の前で、婿というより実は奉公人に近い。十歳のときからその立場に馴らされて、当たり前のように思っていたけれど、旅の空の下、伸び伸びと手足を伸ばして眠り、深々と息をすることを思い出すと、これまでの天神下での暮らしは、牛馬のそれのようだったと気がついた。首に縄をつけられ、口にははみが嚙《か》まされ、歩みが鈍《のろ》ければすぐ尻《しり》を打たれる。

背に乗せているお志津という荷は重くない。お志津はわがまま気ままだが、佐一郎を好いている。佐一郎もこの小娘のままのような妻を、嫌ったことは一度もなかった。後ろに引っ張っている本家の身代という荷車も重くはない。それを引っ張れる者として選ばれたことに、佐一郎なりの誇りもある。

辛《つら》いのは、どれほど上手に乗せどれほど滑らかに引いても、ただの道具としてしか見られないことの方だ。この旅で、佐一郎はそれを悟った。

江戸に戻れば、道具に戻る。一日でも、先に延ばせるものなら延ばしたい。ならば雨だろうと雪だろうと、それでいくらお志津がふくれようと、彼には嬉《うれ》しい。

「あ〜あ」

火箸《ひばし》を火鉢の灰に突き立てて、お志津はほっぺたをふくらませる。

「何から何までうんざりよ。この宿にもあきあきしたわ」

どうあやしてやろうかと佐一郎が思案するうちに、唐紙の向こうから女の声がかかった。

「ごめんくださいまし、お客さん」

宿のおかみの声である。佐一郎はふと眉根《まゆね》を寄せた。おや、と見当がついたからだ。案の定、顔を出したおかみは初手から平身低頭で、いっぱいの愛想笑いを浮かべていた。「この雨で、お泊まりの方が増えておりまして……」

相部屋を頼みたいというのであった。


お志津は大いに怒り、大人げなくむくれてみせた。佐一郎は穏やかに取りなし、おかみはお志津が怒れば怒るだけさらにぺったんこになって、そこを何とかお願いいたしますと繰り返した。はいそうですかと、引き下がりはしなかった。

宿には宿の矜持《きょうじ》というか、お客に対する誠があるのだ。商いは違っても、同じ商人《あきんど》の佐一郎にはそれがよくわかる。

「急にそんなことを言い出して、割り増しの宿賃が欲しいんでしょう」

憎々しい口つきでお志津は言い放ったが、おかみはへこたれず、にこやかな笑みも消さない。だから佐一郎も加勢に励んだ。

「おまえ、この雪隠詰《せっちん》めに飽きちまったと言ってたじゃないか。相部屋のお方から、何ぞ面白い土産話でも聞かせてもらえるかもしれないよ」

「どこの馬の骨とも知れない人と枕を並べるなんて、気持ち悪いじゃないの」

「それは若奥さん、わたしどももよくよく心得ておりますから」

おかみはお志津を持ち上げる。

「若奥さんのお話し相手としてつり合うような、筋の良いお客さんだからこそお願いしているんでございます。年配の女の方でございますし、お品柄もよろしくって、きっと若奥さんとお気が合うと存じますよ」

「嫌なもんは嫌なの」

お志津がそっぽを向いたので、おかみは佐一郎に向き直った。

「このお客さんも、箱根の七湯巡りからのお帰りなんでございます。湯治講の皆さんとご一緒だったんですけれども、ここに来てお疲れが出たんでございましょうね。雨歩きは難儀だと、講の皆さんとはこちらでお別れになって、お泊まりに」

ついでに江戸に使いを遣《や》って、迎えの者を寄越《よこ》してもらうという。おかみはそちらの

手配も頼まれていて、

「建具商のご隠居様で、本当に素性の怪しい方ではございません。手前どもでも、とうてい入れ込みの座敷にお通しすることなどできるお客さんではない、それでも空きはないし、どうしたものかと困《こう》じ果てまして……」

「ねえ、お志津。いいだろう?」

佐一郎はお志津にすり寄って、その肩を抱いた。

「困っているときは相身互いだ。袖《そで》摺《す》り合うも多生《たしょう》の縁と言うじゃないか」

お志津は身を固くして黙り込んだ。目尻が吊《つ》り上がっている。だが、もう言い返さないならこっちのものだ。

「よろしいですよ。どうぞその方をお通しください」

佐一郎の笑顔に、おかみは何度も礼を述べて引き下がった。そしてすぐに、相部屋の客を案内して戻ってきた。

見れば、若夫婦の祖母といってもいいような老女である。小腰をかがめて入ってきたが、そうでなくても腰が曲がっているようだ。縮緬皺《ちりめんじわ》がいっぱいに浮いた顔はなるほど品よく整っていて、旅装束も一見して上等なものだと知れた。

まだむくれているお志津を尻目に、佐一郎は進んで挨拶《あいさつ》した。老女はお志津のけんけんした横顔と、佐一郎のやわらかな物腰を引き比べて、すぐと事情を察したのだろう。

「わたしのような年寄りがお若い方のお邪魔をいたしまして、本当にあいすみません」

丁重な言葉を受けても、お志津は目を向けようともしない。火鉢を抱え込んで火箸で灰をつっついている。

「いえいえ、雨に降り籠《こ》められて、手前どもも退屈していたところでございます。どうぞご遠慮なさいますな」

ありがとうございますと、老女は深々と頭を下げた。

「わたしは新材木町《しんざいもくちょう》にございます増井屋《ますいや》の隠居で、松《まつ》と申します。ご厄介をおかけいたします」

お志津はさらに意固地になって、まるっきり後ろを向いてしまった。

おかみが女中を連れて、お松の夜具や衝立《ついたて》、火鉢を運んできた。老女はほんの隅を貸していただければ結構なのだと言って、座敷の押入れの側に縮こまっている。年配とはいえ見ず知らずの女との相部屋だから、佐一郎の方も憚《はばか》るところがあり、口は出さずにおかみの仕切りに任せておいた。

お松が落ち着いたころを見計らって、女中が今度は茶菓を持ってきた。

「心ばかりでございますが、おかみからの御礼でございます」

「これは有り難い。旨《うま》そうな菓子だよ、お志津。こっちへおいでよ」

甘いものには目がないはずなのに、お志津は振り向かず、返事もしない。その様子に、お松はますます小さくなる。佐一郎もさすがにちょっと腹立たしく、面目ない感じがした。いいさ、しばらく放っておこう。

「さあ、いただきましょう」と、お松に茶菓を勧めて、自分も手を伸ばした。紅白の梅をかたどった落雁《らくがん》と、大福餅《だいふくもち》だ。香ばしく熱い番茶も嬉しい。

「ご隠居さんも、箱根湯治のお帰りだそうでございますね」

佐一郎は滑らかに話しかけた。

「はい、建具屋の寄合いで湯治講を組みまして、十人ばかりで出かけて参ったのですが」

お松の一行も箱根では三巡りの逗留《とうりゅう》で、七湯をすっかり巡ったという。

「それは羨《うらや》ましい」

話の接《つ》ぎ穂ではなく、佐一郎は本気でそう返した。彼の行かれなかった温泉場の様子を知りたくて、いろいろと問いかけた。お松は丁寧に教えてくれた。湯の質の違い、宿の様子、賄いのあれこれ。話し合ううちにどんどんうち解けて、気持ちがほぐれる。

「講のなかではわたしがいちばんの年寄りでございまして、皆さんのお世話になりながら巡って参りました」

お松は若いころから癪《しゃく》に悩んでいたのだが、この湯治でだいぶ楽になったという。音に聞く箱根の湯、評判どおりの薬効だったと語る声音は明るく、物腰にも厭味《いやみ》がない。

痩《や》せて小さな老女だが、表情は豊かだ。

「箱根の湯巡りは、いつか一緒に行きたいものだと主人と楽しみにしていたのですが」

「ご主人は」

「一昨年《おととし》のちょうど今ごろ卒中で倒れまして、そのまま寝付いておりましたが、昨年秋に、とうとう儚《はかな》くなりました」

「残念なことだ……」

「それで倅《せがれ》が、おとっつぁんの分までゆっくりしておいでと、わたしを送り出してくれたんでございます」

「親孝行な息子さんですねえ」

佐一郎の素直な褒め言葉に、お松は相好を崩した。

「おかげさまで嫁にも恵まれまして、実の娘のようにこまごまと気を遣ってくれます」

この季節の温泉行には梅見の楽しみもあるけれど、それより何より、

「来月末に、初孫が生まれます。いっぺん孫の顔を見たら、家を空けて他所《よそ》に出かけるなんて、おっかさんにはとうてい無理だろう、だから行くなら今のうちだよと」

倅に焚《た》きつけられ、嫁にも温泉で元気をつけてきてほしいと勧められて、老女は一人、講に加わったのだそうだ。こんな長旅はもちろん初めてで、見るもの聞くもの味わうもの、すべてが楽しく珍しかったと、目を輝かせて語るのだった。

「ご隠居さんは、七湯のうちではどこがいちばんお好きですか」

「お宿の造りが贅沢《ぜいたく》で、居心地がよろしいのはやっぱり湯本でございました。でも、底倉《そこくら》のお湯もようございましたよ」

それぞれ持ち寄る土産話に、二人の話はますますはずんで、時を忘れた。佐一郎は目の隅で、お志津が横目でこちらを気にしているのを見てとっていたが、わざと気づかぬふりをした。お松も佐一郎に合わせてくれているのか、いちいちお志津に気遣わしそうな目を投げるのはよしにして、くつろいでいる。

すると出し抜けに、お志津が掌《てのひら》で火鉢の縁を叩《たた》いた。ぺしりと、鋭い音がたった。依然、背を向けたままだが、その背中が洗い張りの板を押し込んだみたいに突っ張っている。

湯飲みを手に、笑顔で佐一郎にうなずきかけていたお松の頬が強張《こわば》った。

佐一郎はうんざりした。お志津が本当に煩わしくなって、それが真っ直ぐ顔に出てしまった。こんなことは彼にしても初めてで、あわててつくろった笑顔がぎこちないのが、自分でもわかった。

お松はそんな彼の顔を見た。そしてしおしおと笑いかけてきた。

「まあ、年寄りはおしゃべりでいけません。お菓子もすっかりいただいてしまって」

少し休ませていただきますと、引き下がる。衝立の後ろに入るとき、またそっと佐一郎に微笑みかけた眼差《まなざ》しには、謝り、労《いたわ》るような色合いがあった。

それはけっして佐一郎の思い過ごしではあるまい。話しぶりからして老女は世慣れた人のようだし、お志津の他人目《ひとめ》を憚らぬわがままぶりと、それを抑えられぬ佐一郎との間柄には、大人なら、しかも同じ商家の者同士なら、察するところがあるはずだ。

佐一郎はひどく恥ずかしかった。お志津のわがままを、一人でこらえるのは何の苦もない。だが、彼がこらえていることを他人様の目にさらされるのは、こんなにも惨めなものなのか。

すぐにもお志津の機嫌を取る気にはなれず、そばに寄るのも億劫《おっくう》で、佐一郎は立ち上がると、もういっぺん窓を開けてみた。霙《みぞれ》は降り続いていた。その冷たさが、彼の魂にまで染み入るようだった。


その晩の宿の賄い飯は、膳《ぜん》の品数が増えていた。これもおかみの心遣いだろう。

不機嫌のままのお志津は、やたらと酒を飲んだ。もともと飲める口だが、今夜はさらに勢いがある。佐一郎も付き合ったが、嫌な酔い方をしてしまいそうで、途中でよした。

お志津は手酌でぐいぐい飲んだ。女中を呼んでは徳利を替える。そのたびに何かしら意地悪な注文をつけた。やれ燗《かん》がぬるい、今度は熱すぎる、そんなにどたどた運んできては埃《ほこり》が立つ、よく見ると皿の縁が欠けている、これだから田舎の宿は気がきかない――

お志津はまともに彼の目を見ず、酒を飲み箸《はし》を使いながら、彼がお志津から目をそらすと、きつい眼差しで睨《にら》みつけた。そして佐一郎に対しても、何だかんだと文句を並べた。

この道中のことばかりか、江戸での暮らしのなかの些細《ささい》なやりとりや、挙げ句には子供のころの出来事まで持ち出し始めた。女というのは物覚えのいいもので、あのときはああだった、このときもこうだったたと、重箱の隅をつつくようにして佐一郎の行いの良くないことを並べ立てるのだから、まったくかなわない。まともに相手にすれば謝るばかりだし、謝ったって効き目はないのだから、口をつぐんでいるしかない。するとそれがまた横着だ、薄情だと責められる。

お松は二人に気を遣い、おかみに頼んで、夕餉《ゆうげ》は別のところでとったらしい。台所の隅でも借りたのだろう。わざわざそう断られたわけではないが、様子を見ていればわかる。そして早々に夜具をかぶり、まだお志津が飲んでいるうちから、衝立の向こうでひっそりとしてしまった。

佐一郎はますます恥じ入った。顔から火が出て、その火で身体まで焼けるようだった。

「もう、そのへんでおつもりにしなさい」

飲みすぎだよ、と言った。

「そろそろ寝た方がいい」

お志津は酔いが回っていた。据わったような目で赤い顔をして、つんと鼻先を天井に向けると、大仰に息を吐いた。

「何よ」

酒臭いしゃっくりが飛び出した。

「あんな婆《ばば》あにでれでれしちゃってさ。さいっちゃんは、女ならどんなんでもいいんでしょう」

嘉吉に言いつけてやるんだから、と言った。

本人としては止《とど》めのひと刺しのつもりだろうが、言いつけなくても、当の下男はとっくに知っているはずだ。夕餉の前にいっぺん顔を出しに来て、そのときのお志津の怖い目と、佐一郎の後ろめたそうな素振りに、亡者をひっとらえた地獄の獄卒のような顔をした。今ごろは閻魔《えんま》帳を取り出して、筆の先を舐《な》め舐め、このつまらない夫婦喧嘩《げんか》を――しかも非はどう考えたってお志津の方にあるのに――佐一郎の悪行として、黒々と書き留めていることだろう。

それでも佐一郎は黙っていた。今度はこらえていたのではない。とっさに頭に血がのぼったようになって、言い返すべき言葉が見つからなかったのだ。

誰がでれでれしていたものか。何という言い様だ。思わぬ相部屋となった老女と、互いに居心地をよくしようという佐一郎の気配りをわかろうともしない。佐一郎に非道《ひど》いばかりではなく、お松にも非礼きわまりない。

「おやめよ、そんな言い方は」

声を殺してやっとそう言うと、何とか笑いかけようとしてみたが、巧《うま》くいかない。お志津は佐一郎の怒りなど知ったふうもなく、口汚い言葉も、言ったそばからお忘れのようだ。酔っぱらいらしい緩んだ薄笑いを浮かべ、空っぽになった徳利を意地汚く持ち上げて、またしゃっくりをした。

「ねえ、お酒」

「私は先に寝《やす》むよ」

もうそれだけ言うのが精一杯で、佐一郎は夜具をかぶって背中を向けた。お志津はまだぐずぐず言っていて、そのうち徳利を倒したのか皿でもひっくり返したのか、がちゃんという音がした。そして声を張り上げた。

「何よう、狸寝入りなんかしちゃって」

何かが飛んできて、佐一郎の夜具に包まれた肩にあたって転がり落ちた。猪口《ちょこ》だろう。お志津が投げたのだ。

「だいたい生意気だよ、あたしに意見するなんて」

すっかり呂律《ろれつ》が怪しい。

「いったい誰のおかげさまで、こんないい思いができると思ってんのよ。さいっちゃんなんか、あたしがひと言、もう縁切りだって言ったなら、おしまいなんだよ」

そうなりたいの？　ならおしまいにしてあげようかと、ごねごねと言い募る。

「天神下を追い出されたら、さいっちゃん、どこ行くの？　実家になんか、もう居場所はないよ。本所のお店はあんなちっちゃい、かつかつの商いなんだからね。あのでくの坊の兄さんの甲斐性《かいしょう》じゃ、それだってよくやってる方だけど」

おとっつぁんが笑ってたもんと、お志津は鬼の首をとったような勢いで言った。

「聞いてるの、さいっちゃん。そういう身のほどを、ちっとは弁《わきま》えなさいって言ってるんだよ」

さいっちゃんと親しく呼びながらも、お志津の本音はこれなのか。

言われなくても己の立場は、佐一郎自身が誰よりもよく弁えている。だが心の片隅で、どこかほのかに恃《たの》むように、お志津と自分との繋《つな》がりには、二人だけで大切にすることのできる温かいものもあると思っていたのに。

お志津はそんな想いを嘲笑《あざわら》い、かてて加えて佐一郎の実家を莫迦《ばか》にした。本所の店は兄に代替わりをして、派手な稼ぎはしていないが、手堅く商いを続けている。それを、でくの坊と言ってのけた。

佐一郎は固く目をつぶった。お志津の人を舐めきった甲高い笑い声が、耳をふさいだ指の隙間をするりと通り抜けて、心の奥に突き刺さった。

——誰かが泣いている。

佐一郎は目をしばたたき、枕から頭を上げた。座敷のなかがうっすらと見える。夜が明けたのだろうか。

身を起こしてまわりを見ると、お志津は隣の蒲団《ふとん》で眠っている。蒲団の脇には食い散らかし飲み散らかした膳がそのまんまになっており、行灯《あんどん》の明かりは消えていた。ぶるりと寒い。それでようやく気がついた。雨戸が少しだけ開いているのだ。衝立《ついたて》の向こう、お松が寝ている側である。

そしてか細いすすり泣きも、そちらから聞こえているのだった。

佐一郎はお志津に顔を近づけてみた。饐《す》えた酔っぱらいの臭いがする。お志津は口を半開きに、軽いいびきをかいていた。寝ているというより、つぶれている。

衝立の陰から、また泣き声がした。衣擦《きぬず》れの音もする。

「もし、ご隠居さん」

佐一郎は、ほとんど呼気に近いほどの小さな声で呼びかけた。

「お加減でも悪くなりましたか」

老女が身じろぐ気配がたった。白い手が伸びて、雨戸を閉じようとする。

「女中を呼んできましょうか」

佐一郎は衝立の方に首を伸ばし、さらに声をひそめた。雨戸に触れたお松の手は、そのままそこで止まっている。

「――あいすみません」

確かにあの老女の声であるけれど、泣いているせいで鼻にかかっている。

「ご親切にありがとうございます。具合が悪いわけではございません。すぐ寝みますので、どうぞお気遣いなく」

起こしてしまってすみませんと、老女は頭を下げたようである。

「いえいえ、かまいません。それより、雨が止んだんでしょうか」

「ええ、雲が切れました」

そのとき、佐一郎の寝起きの耳にも、軒下を吹き抜ける風の音が聞こえた。雨戸がかたかたと鳴る。

「風が出てきたんですね」

ようやく、風が雨雲を追い払ってくれたのだろう。

「飛ぶように流れてゆく雲の狭間《はざま》に、星がたくさん光っておりますよ。冷えるのも忘れて見惚《みと》れてしまいました」

座敷のなかがうっすらと見えるのは、星明かりのせいだったのか。

「明日《あした》はお天気になりますわねえ」

鼻声で言って、お松は雨戸を閉じた。軽い音がして、闇が戻った。老女が寝床に入るのだろう、また衣擦れが聞こえる。

「ご隠居さん」

佐一郎はさらに声をひそめて呼びかけた。

「昨夜は、さぞ不愉快なお気持ちでしたでしょう。私どもと相部屋になったばっかりに、居心地の悪い思いをさせてしまって、お詫《わ》びのしようもございません」

こんな夜中にお松が一人、堪《こら》えきれずに泣いているのは、お志津のふるまいのせいではないかと、にわかに案じられたのである。親しい講の人びとと別れ、独りぼっちの宿で心細いところに、お松から見れば孫のようなお志津に因縁をつけられて、腹も立ったろう。情けなくもなったろう。

お松はしばらく答えなかった。やがて衝立の陰でこそりと身動きをして、言った。

「旦那《だんな》さんは、お若いのによく気がついて、お優しい方でございますね」

こちらの心を撫《な》でるような、優しい声音であった。

「佐一郎で結構でございます」

佐一郎は闇のなかでそう応じた。目が慣れてきて、衝立の形がぼんやり見える。

「では佐一郎さん」

お松の鼻声に、かすかな親しみが混じった。

「わたしが年甲斐もなく小娘のように夜泣きなんぞをしておりましたのは、佐一郎さんのせいでも、若奥さんのせいでもございません。どうぞご安心くださいませ」

佐一郎は蒲団の上で座り直した。お志津は寝返りさえ打たずに熟睡している。夜具の外に投げ出した片腕がだらしない。

「ありがとうございます。しかし、本当にお恥ずかしいところをお見せしました」

手前は入り婿なのですと、佐一郎は進んで言ってしまった。

「一人娘の家内の後ろには、両親《ふたおや》とお店《たな》の身代がついております。手前は万事に頭が上がりません。それはお耳に入ったやりとりだけでも、充分お察しのことと思いますが」

少し間を置いてから、老女の声が返ってきた。「ご苦労をなさいますね」

「それでも、こんな若輩者が温泉遊びなどさせてもらっているのですから、文句を言っては罰があたります」

「佐一郎さんは、遊んでいるのではないでしょう。若奥さんのお守りをなすっているんですから」

やっぱりご苦労ですよと、お松は言った。

暗い座敷で、二人は黙った。雨戸を揺さぶる風の音が淋《さび》しく聞こえる。

「――この風で目が覚めてしまいましてね」

ふと口調を変え、独り言のようにお松は言い出した。

「遠い昔、こういう風の音を聞きながら、ひと晩、震えて過ごしたことがございます。それを思い出しまして」

つい泣けてしまったんですよ——という。

「よほどお辛《つら》い出来事だったんでしょうね」

問い返して、佐一郎はすぐ後悔した。詮索《せんさく》がましく聞こえるじゃないか。

「ああ、手前こそおしゃべりでいけません。余計なことを申しました」

お松は軽く洟《はな》をすすり、そして意外なことに、小声で笑った。

「いいんですよ。こんなこと、まさか他人様《ひと》に打ち明ける折があるとは思いもしませんでしたが……」

これもご縁なのでしょう、という。

「年寄りの昔話を、少し聞いていただけましょうか」

佐一郎はうなずき、それから声に出して答えた。「手前なんぞがお相手で、ご隠居さんさえよろしければ、いくらでもお伺いいたしましょう。それにお話の途中でも、やっぱり嫌だと思ったら、すぐおやめになってかまいません」

「本当にお優しいんですねえ」

お松は膝《ひざ》でにじるようにして動き、衝立の陰から顔を覗《のぞ》かせた。ほの白い顔色は見て取れても、表情まではわからない。

佐一郎は照れくさくて、子供のように拳《こぶし》で鼻の下をごしごしこすった。

振り返ってみれば、本家に養子に入って以来、佐一郎は誰かに褒められたり、労《いたわ》ってもらうことなどいっぺんもなかった。ただ行きずりの、たまたま相部屋になっただけのお松が、こうして思いやってくれるまで。

その優しさが身にしみる。夜中の宿でたまさか生じたこのうち解けたひとときを、佐一郎は大切にしたかった。老女が話したいというのなら、朝まで付き合ったっていい。

「家内は酔いつぶれておりますから、手前どもがここでかんかんのうを踊っても目が覚めないでしょう」

ふざけて言ってみせると、お松はゆっくりと一礼し、衝立の陰に引っ込んだ。夜具を引っ張ってくるまっているようだ。

「もう五十年も昔の話なんですよ。わたしが十六のときの出来事でございます」

あらためて切り出すと、佐一郎にも息づかいが聞こえるほど深くため息をついて、語り出した。

「わたしは江戸の生まれではございません。水道ではなく、田圃《たんぼ》の灌漑《かんがい》の水で産湯をつかったような田舎者でございます」

故郷《くに》は――と言いかけて、ためらった。

「ここからそう遠くない村でして」

「そうか、お近くへ来たので、古里のことを思い出されたんですね」

「左様でございますが……」

お松の声音にかかるためらいが、さらに強くなった。

「村の名前は申し上げずにおきましょう。実は、あまり世間様に聞こえのいいお話ではないものですから」

ごめんなさいねと、小さく詫びた。

「わたしはその村の、庄屋《しょうや》の家で育ちました。と申しましても、娘ではございません。六つのときに両親と死に別れましてね。庄屋さんのもとに引き取られたんでございます」

お松の父親と庄屋の家は親戚《しんせき》筋で、

「もともと父も母も、何かと庄屋さんのお世話になっておりました。親戚ですからさすがに小作人とは違いますが、まあ、よろず庄屋さんに頭が上がらないという点では似たり寄ったりで。ですからわたしも、養女になったというよりは奉公にあがったようなところもあって、なかなか半端な、肩身の狭い立場でございました」

何だか己の身の上とかぶるようで、佐一郎は神妙な心地で聞いている。

「庄屋さんには、娘さんが一人おりました。男の子に恵まれなくて、その分、蝶《ちょう》よ花よと大切に育てられた娘さんです。歳はわたしと同じで、名前は八重《やえ》さんといって」

固かった口調が、そこでふっとほぐれた。

「それはもうきれいで気だてもよくって、まわりにいる人たちを、みんな幸せにするようなお人でした」

わたしと、大の仲良しでした――という。

「孤児《みなしご》のもらいっ子で、半端な立場のわたしが、それでもちっとも辛いと思わず、伸び伸びと育つことができたのは、みんな八重さんのおかげです。あの人がわたしを姉妹のように親しくかまってくれたから、わたしもひねくれたり、ねじけたりせずに済みました」

それでも、物心ついて自分の立場がわかってくると、お松は進んで女中のように働き始めた。ねじけずに育ったからこそ、聡《さと》く察してそのようにふるまったのだ。周囲もまた、それを当然のものとして受け止めた。

だが八重はそれを訝《いぶか》しみ、ひどく腹を立てて、ついには父親に直談判《じかだんぱん》をした。

「どうしてもお松ちゃんをうちで働かせるっていうのなら、あたし付きの女中にしてちょうだい、そんならいつでもどこでも一緒に行ける、何でも一緒にできるから、と」

庄屋とその妻は、愛娘《まなむすめ》の強い願いを聞き入れないわけにはいかず、

「わたしは八重さん付きの女中というか、住み込みのお相手役のようになりましてね。

八重さんの身の回りのお世話をしつつ、お稽古事《けいこごと》なども一緒に習いました」

まわりからは、御神酒《おみき》徳利と言われたそうだ。本当にいつでも二人一緒に、仲良く並んでいるからである。

「そのおかげで、花嫁修業も一緒にさせてもらいましたから、わたしは幸せ者でございました」

「どうりでご隠居さんのお品柄がよろしいわけです」

佐一郎がつと合いの手を挟むと、お松ははにかんだように「いえいえ」と笑った。

「やや、お世辞をつかっているわけではありませんよ。ここのおかみもそう言っておりました」

「有り難いことです。それもみんな、八重さんのおかげでした」

懐かしむような温かな声音は、しかし、かすかに震えているようにも聞こえる。

「八重さんは跡取り娘ですから、年頃になる前から、縁談は降るようにございました。でも庄屋さんは、大事な娘の婿でございますからね、素性の知れない者はいけない、一族のなかから婿をとりたいと、早いうちからいろいろ思案しておられました」

庄屋の一族もかなりの大勢で、八重の婿のなり手は幾人もいたそうだ。

「わたしどもの生まれ育った村は、昔から木地《きじ》細工が盛んでございましてね。だんだんと建具も作るようになりました。化粧柱や鴨居の彫刻など、そりゃ見事なものをこしらえるんですよ。そうして領内でお城やお屋敷の御用を承るうちに、江戸へも伝手《つて》がつきまして、建具商を興して成功した家もございました。そこは――」

また実名を伏せたいのだろう。お松が迷っているようなので、佐一郎は助け船を出した。

「伊勢屋にいたしませんか。手前どもの屋号でございますが、江戸にはいくらもございます」

「ああ、では伊勢屋さん」

ほっとしたように、お松はひと息ついた。

「その伊勢屋さんの三男坊に、富治郎《とみじろう》さんという方がおりました。その人が八重さんの許婚者《いいなずけ》に決まったのが、八重さんもわたしも十六のときでございました」

富治郎は江戸生まれの江戸育ちである。それでも庄屋が彼に白羽の矢を立てたのは、

「庄屋さんの方にも、江戸への色気がおありだったんでしょう。伊勢屋さんのご主人は庄屋さんの従兄《いとこ》にあたり、先《せん》から親しく行き来もあって、商いのいろいろも聞いておられたようでございました」

庄屋の身代は大きく、村のなかでの権威も強いものだが、

「やっぱり江戸には憧《あこが》れがあるんでございますよ。それはわたしども小娘でなくたって、いいえ、大人の男だからこそ、江戸で立派に身代を立てているお従兄さんに、いつかは並

び立ちたいという気負いがあったんでございましょうね」

「お孫さんの代には、一人に庄屋の跡を継がせ、一人は江戸へ打って出させる。そのためにも、八重さんの婿には江戸の水をよく知っている人がいいということでございますね」

「おっしゃるとおりです」と応じて、お松は小さく笑った。「わたしなんぞには、庄屋さんの家だって御天下様のように見えておりましたけどね。もっともっとと望む、人の欲にはきりがありません。あら、欲なんぞと言ってはいけませんか」

佐一郎も小声で笑い、そのときお志津が何か呻《うめ》いて身動きしたので、二人でひやりと息をひそめた。

お志津は眠ったまま手で首筋を掻《か》くと、肩先が冷えるのか、夜具をひっかぶって、すぐ静かになった。

「まあ、そんな運びで許婚者は決まりましたが」と、お松はひそめた声で続けた。「江戸者の富治郎さんが、果たしてこっちに馴染《なじ》むものか、最初のうちはみんな心配しておりました。伊勢屋さんの方でも、おかみさん——富治郎さんの母親はこの縁談にいい顔をしていなかったのを、庄屋さんが曲げて聞き入れてもらったんだそうですし、何より当の本人が、肥臭い田舎娘などまっぴら御免だと、逃げ出してしまうんじゃないかって」

しかし、それは杞憂《きゆう》に過ぎなかった。庄屋のもとに挨拶《あいさつ》に訪れた富治郎は、ひと目見るなり八重を気に入った。二人はどっぷりと恋に落ちた。

「富治郎さんも美男子でしたから、好一対のお二人でした。まるでお雛《ひな》様のようでございましたよ」

お松の語りも若やいでいる。

「富治郎さんは十八で、朱引の外へ出るのはそのときが初めてだったそうでございます。試しに半月でもひと月でもと逗留《とうりゅう》させて、こっちの暮らしを見てもらおうということで呼び寄せたんですけどもね」

恋する二人は離れがたく、富治郎はそのまま庄屋の家に居続けた。

「ならばぐずぐずすることはない、とっとと祝言を挙げてしまおうということになりまして、わたしもにわかに慌ただしくお手伝いすることになりました」

こうして、すべては滑らかに運ぶはずだったのだが——

「祝言の三日前に、とんでもない事が起こってしまいました」

庄屋の権威を背負う一人娘の八重ではあるが、気取らずへだてのない人柄もあって、村の子供たちとよく親しんでいた。お相手役のお松のほかにも、仲良しがいたのである。

そのなかに、財力だけなら庄屋《しょうや》と肩を並べるほどの豪農の、戸井《とい》という家の娘がいた。名字を許されるだけの旧家で、母方は、そのころはもう衰えてしまっていたが、かつては戸塚宿で本陣を営むこともあった家柄だ。

「その戸井家に、お由《よし》という娘がいました」

若々しく明るくなっていたお松の口調が、急に翳《かげ》った。

「歳はわたしどもよりひとつ上です。戸井家は兄弟姉妹が多《おお》ございまして、長男次男のほかに、娘も三人おりました。お由さんは三女で末っ子でございますし、少し歳も離れていましたから、両親ばかりではなく兄さん姉さんたちからも、舐《な》めるように可愛がられて育った人でした」

このお由が、ひそかに富治郎に恋着した。

「後で聞き出してみると、こっちもこっちでひと目惚《ぼ》れだったようでございますよ」

とはいえ、富治郎は八重の許婚者なのだし、八重にぞっこんである。

「ですから、お由さんの岡惚れでございます。片恋ですわ」

しかしお由もまた、願ってかなわぬことはないという、恵まれた暮らしをしてきた娘である。おまけに八重とは違い、生まれながらに恵まれてきたことで、わがまま気まま、何事であれ言い出したら聞かない我の強い娘でもあった。

「庄屋さんの家と戸井家とも、昔から勢力争いをしてきた因縁のある間柄です。そのことが、なおさら事を難しくいたしました」

お由は己の強い恋着を、早いうちに両親や兄たちに打ち明けていた。普通なら、分別ある大人どもが、そこで叱って宥《なだ》めて諦《あきら》めさせるのが筋である。だが、庄屋の家に張り合う気持ちもあれば、これまで風下に立ってきた悔しさもあり、

「戸井家の方たち――わけても旦那《だんな》さんがお由さんに、そういうことならいいようにしてやると、安請け合いをしていたらしいのでございます」

――富治郎にしたって、何かと肩身の狭い入り婿よりも、おまえを嫁にもらった方がいいはずだ。金ならいくらでも出してやるから、おまえたちは江戸で好きなように商いでもすればいい。

娘の方は父の言葉を鵜呑《うの》みに、片恋のかなうときを待ち受けていた。とはいえ他家の縁談に、しかも立場が上の庄屋の娘の婿取りに、いくら豪農であろうとも、戸井家が横《よこ》槍《やり》を入れられるわけがない。安請け合いは所詮《しょせん》安請け合いで、どうすることもできぬまま、八重と富治郎の祝言はどんどん近づいてきた。

「あと三日と迫って、気の強いお由さんは、一重にも二重にも我慢がきかなくなったのでしょう」

手ずから祝いの品を届けたいというのを口実に庄屋の家を訪ね、八重に向き合うと、

「懐に呑んでいた刃物を取り出して、八重さんの胸をひと突き、突き殺してしまったんでございます」

悲鳴を聞いて駆けつけた人びとの前で、お由は猛《たけ》り狂ったようになり、これで祝言は

とりやめだ、ざまあみろと叫んでいたという。

「血まみれになって倒れている八重さんに、富治郎さんが駆け寄りますと——」

取り押さえる人びとの腕を振り切って、お由は富治郎に飛びついた。そして怪鳥《けちょう》と化したかのような甲高い声で、これでやっとあたしたちが一緒になれる、もう邪魔者はいない、あたしがやっつけてやったと、喜色満面ですがりついたという。

「富治郎さんは、さながら獣に襲われたようなお顔でございました」

彼の方は無論、お由に気があったわけではない。何から何まで降って湧いたような災難だ。振りほどこうとすると爪を立ててしがみついてくるお由を、最後には平手打ちではり倒して逃げ出した。そして八重の亡骸《なきがら》をかき抱いて号泣した。

「お由さんは、魂を抜かれたように座り込んで、それを見つめておりました」

お由も色白の器量よしだったけれど、

「その顔にも胸にも八重さんの血をいっぱいに浴びて、幽鬼のようにさえ見えたことが、わたしは今も忘れられないのでございます」

佐一郎は、いつの間にかぐっと詰めていた息を吐いた。身体が強張《こわば》っているのは、座敷がしんしんと冷えるせいばかりではない。暗闇のせいでもない。

「怖ろしい出来事でしたね」

衝立《ついたて》の陰から、はい——と、かぼそい老女の声がした。

「お由さんはその後、どうなったのでしょうか」

すぐには答えずに、お松は息を整えるように間を置いた。

「本来でしたら代官所に届け出て、お裁きを受けなければいけませんのですけれど」

戸井家は土地の豪農である。こういう家から縄付きを出すことは、その土地の不始末にもなる。

「戸井家ばかりではなく、差配不行届《ふゆきとどき》のお咎《とが》めで、庄屋さんの家さえ無事では済まなくなるかもしれません。それをきっかけに、村にかかる年貢や役務が増えることも、大いに案じられたのです。ですから、けっして表向きにすることはできませんでした」

なんと理不尽な。江戸者の佐一郎には、まったく呆《あき》れ返るような話である。

「しかし、それでは殺された八重さんがあまりに哀れです。庄屋さんのお気持ちもおさまりませんでしょう」

はいと応じて、お松は苦しそうに息をした。

「それに……富治郎さんには本当にお気の毒だったのですけれども」

これは本当にお由の悋惚れだったのかと、怪しむ声もあったのである。

「小娘のことことはいえ、一人で思い込んでいるだけで、いきなり刃傷沙汰《にんじょうざた》にまで及ぶとは考えにくい。富治郎とお由のあいだには、ある程度のことがあったのではないか、と」

「でも富治郎さんには、まるで身に覚えがなかったのでしょう？」

五十年も前の、顔も知らぬ若い男のことではあるけれど、佐一郎は親身に哀れになって、思わず声を振り絞った。

「なかったのでしょうね」と、お松も沈んだ声で応じた。「けれどもお由さんの方は、あたしは富治郎さんと惚れ合っていた、二人で駆け落ちしようと相談していたなどと言い張って」

戸井家の人びととも慌てて口裏を合わせたらしく、

「騒ぎが落ち着くと、いつの間にかそういう申し状ができあがっておりました」

「非道《ひど》い話だ」

まったく非道い。佐一郎は拳《こぶし》を握って息巻いた。

「じゃあ、お由さんはお咎めなしになったんですか。それじゃああんまりでしょうに」

いいえと、老女はかすれた声を出した。

「お咎めなし――というわけではございません」

そして、佐一郎にはにわかに意味のわからぬことを言った。

「お由さんは、八重さんになりました」

ちょっと間を置いて、佐一郎は、

「は？」と問い返した。間抜けな声だが、一人で息巻いているせいで、老女の言葉を聞き違えたのかと思ったのだ。

「今、何とおっしゃいました」

「お由さんは、八重さんになったのです」

お松の声に力が戻り、その言葉は、今度は真っ直ぐ佐一郎の耳に届いた。聞き違えではなかったのだ。

「それはいったいどういう仕儀です」

不躾《ぶしつけ》な言い様と知りながら、佐一郎は強く問うた。「まさか皆さんで申し合わせて、死んだのはお由さんだということにして、お由さんを八重さんにすり替えて、富治郎さんと添わせたというわけではありますまいに」

老女はしばらく答えなかった。ただ息の音だけが聞こえてくる。先ほどまでより呼気が荒く、さらに苦しげに聞こえるのは、佐一郎の気が立っているせいであろうか。

「わたしどもの村には――いいえ、あの土地にはと申しましょうか」

やっと語り出した老女の声は、これまでと少し響きが違っていた。いくらか高く、鼻にかかっている。お松はとっくに泣きやんでいたはずだが、また涙を流しているのだろうか。

「こういうとき、格別の手だてがございますんですよ」

どんな手だてですと、佐一郎は問い返した。ぞわりと、背中を悪寒が駆け抜けた。なぜかそのとき、おぞましいものに撫《な》でられたような気がしたのである。

「人に殺《あや》められた者の亡骸が傷み始める前、そう、こんな寒い折でも、三日ぐらいしか余裕はございませんが」

それくらいのあいだなら、死者の魂はまだ亡骸のなかに留《とど》まっている。

「ですからそれを呼び出して、その人を殺めた者の身体に下ろして、宿らせるんでございます」

今度こそ、佐一郎はぶるりと震えた。

「い、いったいそんな業《わざ》は」

「土地の言葉で、〈ばんば憑《つ》き〉と申します」と、老女は淡々と言った。「〈ばんば〉というのは、強い恨みの念を抱いた亡者のことでございます」

なるほど人に殺められた者なら、自分を殺めた下手人に、強い恨みを持っているだろう。

「数日で腐れてしまう己の身体を離れ、下手人の身体に宿った〈ばんば〉は、恨みの一念でもって下手人の魂を喰《く》らいつくして、やがてすっかり成り代わってしまいます」

そうして、下手人の身体に宿ったまま生き続けるのだという。

「もちろん、よほど切羽詰まった事情がなくっては、こんなことはできません」

それはそうだろう。殺された者の身内からすれば、憎い下手人の身体のなかに、愛《いと》おしい亡き者の魂が閉じこめられているのだ。良かった良かったと笑い合えるわけもない。喜んで迎えられるはずがない。

「でもこのときは、そういう事情がございました」と、老女は続ける。「八重さんは一人娘でしたから」

婿を迎えずに死んでしまえば、庄屋《しょうや》の家は絶えてしまう。

「是が非でも、富治郎さんの妻となり、子を生《な》す身体が要ったんでございます」

「何と！」

思わずあげた佐一郎の叫びに、お志津が寝返りを打って夜具を蹴《け》った。佐一郎は身を縮めて両手で口を押さえた。

「〈ばんば〉が憑けば、外見はお由でも、中身は優しい八重さんなんでございますよ」

老女は、まるで佐一郎をあやすように、優しい声を出す。

「殿方はよく申しますでしょう。どんな美女でも三日で飽きる。女房は気だてが優しいのがいちばんだ、と」

要は人柄でございますよと、うっすりと笑うのだった。

「しかし、お由は人殺しです！」

「人殺しのお由の魂は、八重さんの魂に喰われて消えてなくなりました」

だから富治郎が妻に迎えたのは、あくまでもお由の身体を借りただけの、八重だというのである。

「それに——これが〈ばんば憑き〉の不思議なところなのでございますが」

老女の声が床を這《は》うように低くなり、佐一郎も身を低くして耳をそばだてた。

「魂を移されると、外見の方も、少しずつ似てくるものなんでございます」

そんな莫迦《ばか》なと、佐一郎は呻《うめ》いた。

「もちろん、顔形や背恰好《かっこう》が変わるわけではございません。でもちょっとした仕草や、ものを見る目つき、座り方や歩き方、日々の暮らしのなかのふるまいが似てくると、姿形も似て見えるようになるものなのですよ。親子や兄弟姉妹でも、そういうことはございましょう？　顔は似ていないけれど癖が似ているとか、笑い方が似ているとか」

そんなものなのかもしれないと思う一方で、佐一郎はただおぞましく、暗闇のなかで一人かぶりを振った。

「〈ばんば憑き〉を行うには、秘伝の丸薬が要りましてねえ」

衝立《ついたて》の向こうから、囁《ささや》き声が続く。

「その調剤法は、庄屋さんの家にだけ伝わっておりました。いえ、むしろ順番が逆さまで、その調剤法を隠し持っていたからこそ、あの家は庄屋になれたのです。こういう災いを収める業を持っていたから」

そういう土地でございました——という。

「八重さんが突き殺された、その翌日の真夜中のこと」

〈ばんば憑き〉は行われた。老女は、若き日のお松は、その場に居合わせることは許されなかった。

「自分の座敷で、身を縮めてただただ耳を澄ませていたのでございます」

あの夜も風が強かった。夜通し、風が泣き叫んでいた――

「それでも、その風の音の底に、呻き泣く声が混じっているのが聞こえました」

お由の声だった。

「わたしに限らず、おなごは〈ばんば憑き〉に関われません。やがて赤子を産む身で、目にしてはならん秘事だと言われていますす」

そのただならぬやり方を、だから老女は詳しくは知らない。その一端を漏れ聞いただけだという。

「丸薬を飲まされた人殺しは、自分が手にかけた死者の亡骸《なきがら》に、後ろ前になってまたがって、両腕を後ろにくくられ、頭には米袋をすっぽりとかぶされて」

その上から水をかけられる。水を吸った米袋が人殺しの顔に張りつき、

「その場に居ながらにして、水に溺《おぼ》れたようになるのです。そうやって半死半生にすることで、死者の魂が宿りやすくなるのでございますよ、佐一郎さん」

さらに下手人は、己が手にかけた死者が、生前に身近に使っていた持ち物で、背中を

打たれる。

「心の臓の真裏にあたるところを打つのです。下手人の魂が、痛みに耐えかねてうんと縮まって、胸の奥の大切な場所を空けるように」

その者の魂が宿る場所を、死者の魂に明け渡すように。

佐一郎は耳をふさぎたくなった。だが動けない。ただ縮み上がっている。

「あの夜、庄屋さんは、八重さんが裁縫のときに使っていたくけ台で、お由の背中を打ち据えました」

だから〈ばんば憑き〉が終わって、首尾良く八重の魂の器となったお由の背中には、その後も永いこと、左右に細長い痣《あざ》が残っていたという。

「——富治郎さんはどうしたのです？」

佐一郎はやっと問いかけた。

「はい左様ですかと、お由を嫁にもらう気になれたものでしょうか。ご実家だって、そんな縁組みを承知なすったんですか」

「よくよくかき口説いて、わかっていただいたんでございます。それしか術《すべ》がございませんでしたしね」

それに富治郎は、納得したという。

「〈ばんば憑き〉を経て魂が入れ替わったお由に会ったとき、ほかの誰よりも、富治郎さんがいちばんよくわかったはずでございますからね。ああ、これは八重だと」

女の手を取り、目を覗《のぞ》き込んだときに。その立ち居振る舞いを、彼に寄り添う女の幸せそうな笑みを見るうちに――

ああ、死人《しびと》が戻ってきた。

「ただ、支度していた立派な祝言は、見送りになりました。八重さんが病にかかったという口実で、ひっそりと内祝言を済ませまして、お二人は夫婦になりました」

戸井家のお由は、出奔して行方知れずになったということで収めたという。

「その後も、お由の顔をした八重さんは人前には出られませんし、富治郎さんもいろいろと気詰まりで、苦労なすったことでございましょうが」

それでも、二人のあいだには次々と子が生まれた。男の子が二人と、女の子が一人。

「そこで精がつきたんでしょうかねえ。ある日病みついたかと思うと、まだ二十五歳の若さで、蠟燭《ろうそく》が消えるように亡くなってしまいました」

しかし、思い通りに跡継ぎを得て、庄屋の家は安泰だ。夫を失い、お由の顔をした八重は、老いた戸井家の両親に請われて一度はそちらにこっそりと身を寄せたが、中身が八重である以上、そこに留まれるわけもない。やがて村から姿を消した。

「庄屋さんが、いいように計らったんでございましょうけれど」

その後の消息を、お松は知らないという。

「三人目の赤子が生まれるまで、わたしはご夫婦のそばに留まって、お世話を続けておりました」

見かけはお由でも、中身は八重だった。確かにあの優しい魂は八重だった、という。

「一緒に過ごした子供のころのことを、くまなく覚えておいででした。何をいつどのように問いかけても、ちゃんと思い出すことができました。日々の暮らしのなかですることも、言うことも、ちょっとした仕草だって、懐かしい八重さんらしかった」

だからあれは、八重さんでした――

「でもねえ、佐一郎さん」

老女の声が急に近くに聞こえて、佐一郎はびくりと尻込《しりご》みをした。

衝立の場所は変わらない。何も動いていない。佐一郎の気のせいだ。

「この歳になると、お迎えが近いせいでしょうか。ときどき考えてしまうのでございますよ」

人は死んだら、どうなるのか。魂と身体は、本当に分かれるものなのか。

「亡者の魂が、生きた人に憑《つ》くことなどできるのでしょうか。そもそも、魂を移すことなどできるのでございましょうかね」

八重に身体を盗《と》られたお由の魂も、本当に、八重の魂に喰《く》われて消えてしまったのだろうか。そんなことが起こり得るのか。

「だって、できるんでしょうが。現に巧《うま》くいったのでしょう」

佐一郎も思わずぞんざいな言い様になった。

「ええ、巧く――いったんでございますけれど」

老女の口調があやふやに、語尾が頼りなく闇に溶けた。

「それは真実、巧くいったものだったのか」

わからなくなってきたのだと、老女は呟《つぶや》く。

「〈ばんば憑き〉は、わたしどもがこぞって見ていた夢――そうあって欲しいという夢のなせる業に過ぎなかったのかもしれません。お由はどこまでいってもお由で、ただ〈ばんば憑き〉という手だてに乗せられて、本人もその気になって、八重さんになりきっていただけなのかもしれません」

佐一郎は身動きできない。なのに、かたかたと歯が鳴りだした。

この声は。先ほどから聞こえているこの声音は。

お松という老女のそれではない。ほんの半日ほどではあっても、親しく語らってきた人の声だ。聞き違えはしない。

これは別人だ。佐一郎の知らぬ女の声に変わっている。

「だとすれば」と、その女の声は続けた。「いつかお由は、己がずうっとお由であったことを思い出し、両手が血に染まっていることを、己が憎々しい人殺しであったことを思い出すのではないでしょうか」

佐一郎は答えられなかった。あまりの恐ろしさに冷や汗が浮いてきて、その汗が目に染みるので、きつく瞼《まぶた》を閉じた。

「まあ、すっかり話し込んでしまって」

するりと、老女が立ち上がる気配がした。間違っても衝立の向こうを見ないように、佐一郎は深く頭を下げた。

「厠《かわや》へ行って参ります」

ほとほとと足音がして、廊下へ出る唐紙が開け閉《た》てされた。

佐一郎は動かなかった。横にもならず、そのまま座って固まっていた。目を開けることもできなかった。

老女は戻らなかった。ただ風だけが吹きすさぶばかりだった。

夜明け前、宿で騒ぎが起こった。

一睡もしなかった佐一郎は、立ち上がるとふらついた。手すりにつかまるようにして階段を下りてゆくと、宿の女中たちが泣き騒ぎ、男たちが血相を変えて出入りしていた。

事情はほどなく知れた。宿の裏庭の薪小屋のそばで、女客が木の枝にしごきをかけ、首を縊《くく》って死んでいたのだという。

詳しく聞く前に、佐一郎にはわかった。

お松だ。お松が死んだのだ。

それと同時に、どやしつけられたように、腹の底から胴震いしながら思いついた。いや、それがあの老女の本当の名前なのだろうか。実は八重ではないのか。実はお由ではなかろうか。

昨夜《ゆうべ》の話を、お松は他人《ひと》事として語った。それは嘘だ。あれは真実、あの女の身の上語りであったのだ。語りにくいことに限って、人はしばしばそんなふうにするものだ。そうでなかったなら、おなごは関わることができぬという〈ばんば憑き〉の詳細を、どうしてあんなふうに語れるものか。

〈ばんば憑き〉の夜、泣き叫んでいたという風の音は、仕置きを受けるお由の耳が聞いたものだったのだ。だからこそ、昨夜の風が、あの女に昔のことを思い出させたのだ。

八重のお相手役だったというお松という女も、本当にいたのだろう。あるいは富治郎が亡き後、お由の顔をした八重を村から外に出すとき、庄屋《しょうや》がその女の名前と生まれを借りて、与えてやったのかもしれない。それぐらいの裁量は、庄屋なら持っているはずだ。

そして〈お松〉は江戸へ出て、新材木町の増井屋に嫁いだ。この縁組みにも、娘を思う庄屋の計らいがあったに違いない。増井屋は建具商だというのだから、きっと繋《つな》がりがあるはずだ。

ただそこでは、誰も〈お松〉の正体を知らない。女は心静かに人生をやり直し、幸せになることができた――

だが昨夜、思いがけず泊まった古里に近いこの宿で、一人孤独に夜の闇に向き合い、遠い昔〈ばんば憑き〉の仕置きを受けた夜と同じように吹きすさぶ風の音を聞いているうちに、あの女は己の正体を思い出したのだ。

だから縊《くび》れて死んだのだ。

「お客さん、まことに申し訳ないんでございますが、亡くなったのは、相部屋のあのご隠居さんじゃないかと思うんです」

青ざめたおかみに頼まれて、佐一郎は死者の顔を検《あらた》めた。

確かに、お松と名乗った老女であった。

「おかみさん、私にもひとつお願いがあるんですが」

亡骸《なきがら》の背中を見せてほしいと、佐一郎は言った。

「湯治をしても、背中の古傷の痛みが癒《い》えないのは辛《つら》いと、昨夜おっしゃっていたもんですから」

おかみは救われたような顔をした。「それを苦にして、急に死ぬ気になったんでしょうかねえ」

老女の背中には、左右に真っ直ぐ伸びた、青黒い痣《あざ》があった。たいそう古い痣ではあるが、まだくっきりとしていて、何か棒のような、板のようなもので叩《たた》かれた痕《あと》のように見えた。

「変わった痣だわねえ。なんでこんな痕がついたんでしょう」

気味悪そうに目をそらすおかみの脇で、佐一郎は亡骸に合掌した。ぬかるんだ裏庭の、戸板の上に横たわる青白い老女の顔は、ようよう昇ってきた朝日の下で、のどかに安らいでいるように見えた。


相部屋の老女が不穏な死に方をしたことで、佐一郎はさらに叱られる羽目になった。

「だから相部屋なんか嫌だって言ったのよ！」

お志津は目を吊《つ》り上げ、半べそをかいて彼を責めたてた。嘉吉もお志津に味方して、だいたい若旦那《わかだんな》は気が弱いと、意地悪な口つきで言い募った。

この失態は、佐一郎の今後に大きな影を落とすことになるだろう。何かというと、お志津も嘉吉もこの件を蒸し返すことだろう。お志津大事の舅姑《きゅうこ》が、それに加勢することは目に見えている。

佐一郎はこらえるしかない。お志津の言うとおり、今さら実家には帰れず、彼には行く場所がないのだから。ほかには生きる道がないのだから。

覚悟を固め、諦《あきら》めて、ただ黙々と暮らしてゆくしかない。お志津だって、やがてけろりと機嫌を直すに決まっている。自分の口から飛び出した言葉の重みを、まるでわかっていないのだから。そういう女なのだから。

今度の旅で、ひとつ意外なことも見つけた。お志津がけっこうな悋気持《りんきも》ちだということだ。

——何よ、あんな婆《ばば》あにでれでれしちゃって。

あれはただ自分の言うとおりにならない佐一郎に文句をつけたのではなく、彼がお松と親しげに語らっていたことが面白くなかったのだ。お松は佐一郎の祖母のような歳だったのに——現に彼には、物静かでおとなしい実家の母の面影を、ふとお松に重ねてみるような想いもあったのだ——それでもお志津は嫉妬《しっと》して、あんな言い方をしたのである。

これまで佐一郎は、与えられた己の人生に、かけらの疑いも抱かずにきた。お志津のほかに女を知らず、人を想うこともなかった。お志津を可愛いと思っていたから、他へ目が移ることがなかったのだ。

だが、この先はわからない。お志津の愛らしさも、これでだいぶ化けの皮が剝《は》げた。箱入り娘の世間知らずの身勝手の隙間から、底意地の悪い性根が透けて見えてきた。

この先、もしも彼がふと誰かに、お志津ではない女に心を動かすようなことがあったら。

浮気でも、本気でも、心の動きばかりは誰にも止められない。そんなことがけっしてないとは、佐一郎自身にも言い切れなくなってきた。むしろ進んで、そんな女を求める気持ちさえ湧いてきている。

だが、それが露見したなら、そのときお志津はどうするだろう。

嫉妬と怒りで、その女をこっぴどくやっつけるだろう。勢い余って殺してしまうかもしれない。お志津なら、充分にやりかねない。

彼が恋しいからではない。その意味では、これは悋気ではないのかもしれない。お気に入りの、自分のものだと思い込んでいる道具を取り上げられることが、ただ悔しく腹立たしいだけなのかもしれない。

どっちだってかまいやしない。

佐一郎は夢想するのだ。いっそ、いつかそんな椿事《ちんじ》が起きたらいいと。

そのときまでに、果たして調べ切れるだろうか。新材木町、建具商の増井屋。亡くなったときはお松で、その前は八重でありお由であったあの女。戸塚宿の近くのとある村。どの村で、庄屋は何という家だろう。昔から木地細工が盛んだというのも、いい手がかりになりそうだ。

そこには今も、〈ばんば憑《つ》き〉の秘事が伝えられているだろうか。丸薬の調剤法が残っているだろうか。

お志津の身体という器をそのままに、中身だけをそっくり、もっと愛《いと》しく、もっと優しい女の魂と取り替えることが、この佐一郎にもできるだろうか。

そんなことはやっぱり無理で、〈ばんば憑き〉はまやかしで、ただの呪《まじな》いに過ぎないのだとしても、それもまたどっちだってかまいやしない。

思い込みでも夢のようでも、〈お松〉の場合は、五十年もちゃんと保《も》ったのだから。

ならば、試してみる甲斐《かい》はあるというものだ。

ただ思うだけである。かなうはずもない夢だとわかっている。

でも佐一郎はそれを思う。その一縷《いちる》の想いにすがりつくようにして、亡者のように哀れで孤独な、己の魂を慰める。

ガリヴァー忍法島

山田風太郎

山田風太郎（やまだ・ふうたろう）
一九二二年兵庫県生まれ。『甲賀忍法帖』『くノ一忍法帖』などで忍法帖ブームを巻き起こす。『眼中の悪魔』及び『虚像淫楽』で探偵作家クラブ賞（現日本推理作家協会賞）短編賞受賞。九七年菊池寛賞を受賞。『警視庁草紙』『戦中派不戦日記』『戦中派虫けら日記』などの日記文学、『人間臨終図巻』ほか著書多数。二〇〇一年没。

一

鳥の羽根をさした鍔広《つばびろ》の帽子、華麗な襟《えり》のついた衣服、細いズボンに靴《くつ》。――さらに、珍しげにあたりを見まわす眼は碧《あお》い。帽子の下からのぞく髪の毛は紅《あか》い。

一人ではない。十人ちかくいる。駕籠《かご》に乗っている者もあれば、馬に乗っている者もある。歩いている者もある。

「やあ、おらんだだ」

「かぴたんだ」

沿道の子供たちが走る。

しかしその行列の前後についた数十人の役人たちが、「寄るな寄るな」「邪魔だ、あっちへゆけ」と、棒でへだてて追っ払う。

珍しいといえば珍しい行列にちがいないが、子供たちのさけび声をきいてもわかるように、いままで日本に見られなかった行列ではない。毎年の早春、長崎から江戸への長い長い街道に、恒例のように見られる風景である。

長崎出島《でじま》のオランダ甲比丹《かぴたん》一行の江戸参府。

毎年一月半ば——陽暦では二月半ば——に出島の蘭館《らんかん》を発し、二月末に江戸城で将軍に挨拶《あいさつ》するのが習いだ。——ことしも同様で、これは商館長フォン・ブーテンハイム、医師ケンプエル、その他の商館員らを中心とする一行であった。時に、元禄《げんろく》十年。

しかし、ともかくも沿道の人々が物珍しげにこれを見送ることを許された道程は、数えるほどしかなかった。というのは、ちょうどそれと前後してゆくもう一つの大行列があったからだ。

「下にーっ、下にーっ」

先触れの声とともに、庶民は一応道をあけ、ひざまずかなければならない。——ただし、これは大坂からのことで、瀬戸内海を船で来たオランダ人一行は、それ以後この行列とあとになりさきになりして東へ向うことになったのだ。

播州赤穂《ばんしゅうあこう》五万石浅野内匠頭《たくみのかみ》が江戸へ参覲《さんきん》するところであった。

おたがいに好奇心に燃えた眼を見交わしつつ、さればとてむろん双方が交歓するということもなかったのだが——それが最初に接触したのは、京に泊った一夜で、しかも甚《はなは》だおかしな場所であった。

伏見の廓《くるわ》なのである。

こういう道中では珍しいことだが——京には浅野藩の京屋敷もあってなじみが深いし、また世にも聞えた京おんなに接するのは、こんな機会でも利用しなければ、そうめったにはあり得ないせいもあったろう。

深夜。——京屋敷に、酔った跫音《あしおと》とともに、いくつかの昂奮《こうふん》した声が、もつれ合いつつ戻《もど》って来た。

「いや、おどろいた」

「あれでも人間か。二本足のけだものではないか」

「紅毛人は女の血をすするときいたが、まんざら嘘《うそ》とも思えぬな」

むろん、参覲の同勢ことごとくが京屋敷に泊れるわけはなく、ここに泊っているのは藩士中でも一通りの身分の者のはずだが、それがあたりをはばかる余裕もなく、声高《こわだか》にいい交わしつつ門から入って来る。

「これ、おぬしら、静かにせぬか」

「御役目ある道中、夜遊びに出るさえふとどき千万なのに、何だその騒ぎようは」

玄関にのそりと立って出迎えた大小二つの影が叱《しか》りつけた。帰って来た五人の侍《さむらい》は、さすがにぎょっとしたように声をのみ、首をすくめた。

「これは、小野寺どの。——」

「堀部《ほりべ》、まだ起きておったのか」

やっと、二人ばかり、恐縮したようにいう。そこに待っていたのは、京屋敷お留守居役の小野寺十内《じゅうない》と、やはり江戸への御道中のお供をしている馬廻役の堀部安兵衛であった。

「どこへいっておったのだ」

「は、その、伏見で。なにぶん御内聞に」

「案の定じゃ。……ま、明日のこともある。今夜はおとなしゅう寝ろ」

と、小野寺十内が苦り切っていったとき、堀部安兵衛が口を出した。

「おぬしら、いま、二本足のけだものとか紅毛人がどうかしたといっておったが、何を見たのだ」

「それじゃ」

帰って来た一人が、いま叱られたのを忘れたかのように、またかん高い声を出した。

「伏見の廓《くるわ》で、あのオランダの紅毛人に逢《あ》ったのじゃ。それが何とも、大変なやつらで。――」

「なに、あのオランダ人がみな伏見へいっておったのか」

「みなではない。左様、五人ばかりじゃが。――ほかに通辞が二人と」

「それにしても参府の途中、廓遊びをする異人など、いままできいたことがないぞ。不敵な毛唐《けとう》だな。それで通辞は唯々諾々《いいだくだく》と女郎買いの手引をしておったのか」

「いや、通辞も持て余しておる風であった。というより、戦々兢々《せんせんきようきよう》として、ひどくおびえているようであった。——それも、むりではない——」

「どうしたのだ」

「とにかく、その五人の毛唐が——いや、一人だけ、何もせず黙って見物しておるやつがあったが——あと四人、それが一人で三人ずつの遊女をかかえこんでもてあそんだ。しかもお互い同士見物するはおろか、廊下でほかの遊客がおしくらまんじゅうで見ておるのも委細かまわずにじゃ」

「ふうむ。……」

「それをまた遊女どもがじゃ、はじめはいやがって、かんにんしとくれやすと泣きさけんでおったのが、どういうはずみかの、そのうちだんだんのぼせあがり、夢中になってあられもない狂態を示し出し、ひいひいと自分から腰を振り、次々に眼をつりあげて気を失うというていたらくになりはてた。それも当然、金毛《きんもう》につつまれて、まず通常の日本人の倍はあろうか、しかも四人のうち三人までが皮かむりであったのがかえって何やらもの恐ろしく、とんと一匹ずつの、それこそ金毛九尾《きゆうび》の狐《きつね》を見るようであったぞ。……」

「ほほう。……」

「やがて夜更《よふ》けとともに、連中、宿へひきあげていったがの、廓の入口で、棒や竹杖《ちくじよう》持った四、五人の男が立ちふさがった。地回《じまわ》りのやつらだが、ま、右にいったような次第だから腹にすえかねて、ひとつ懲《こ》らしめてやれと思ったのだろう。するとな、まず竹で殴《なぐ》りかかったやつが、いきなりひょいとそれをひったくられた。とにかく七尺ほどはある毛唐ばかりだから、それはふしぎではないが、その一人がな、その竹杖をぎゅうとしごいた。すると――その物干竿《ものほしざお》ほどある竹がだ。麦稈《むぎわら》みたいにぺちゃんこになってしまったぞ」

ちがった侍《さむらい》が、声ふるわせていう。

「一人な、腰に小さな鉄砲をぶら下げておるやつがおった。それが、そいつを手にとったからぎょっとすると、そやつ、傾城《けいせい》屋の屋根をふり仰いだ。そして屋根の上の鬼瓦《おにがわら》を指さし、自分の耳をひっぱって見せた。それから屋根に鉄砲をむけて恐ろしい音とともに撃ったが、なんと春の月の下で、その鬼瓦の角《つの》にあたるところが一つ、もののみごとに吹っ飛ぶのが見えたぞや」

またべつの侍がいう。

「腰をぬかした一同の前で、その紅毛人ども、いっせいにそっくり返ってげらげらと笑い、大股《おおまた》でいってしまった。……」

小野寺十内がいった。

「おぬしたちも腰をぬかした方か」

「あ、いや。――」

「毛唐のそんな傍若無人《ぼうじゃくぶじん》のふるまいを見つつ、口をぽかんとあけて見ておって、それで侍か。しかも、貴公ら――そういえば浅野藩でも、武芸自慢で聞えためんめんではないか」

　五十半ばで、京留守居らしく歌道にもたしなみふかい小野寺十内だが、剛直で一徹な老人でもあった。

　五人の侍は鼻白んだが、すぐに跡部《あとべ》条七郎という男が、

「これは十内どののお言葉とも思われぬ。かりにも参府するオランダ甲比丹一行の者を、廓《くるわ》で浅野家の藩士が斬《き》って、お家に傷はつかぬのか」

「浅野一藩よりも、日本の侍の名誉のためじゃ。あとの始末はわしがする。――」

　十内はよほど腹をたてたらしい。ぶるる、と唇《くちびる》をふるわせてまたいった。

「そもそも、そのような毛唐人、参府させてよいかどうか、きけばきくほど奇態な一行ではある」

「おぬしたちに斬れるかな、あやつらを」

　いままで黙って腕組みをしていた堀部安兵衛がぼそりとつぶやいた。

　五人の侍は勃然《ぼつぜん》とした。赤谷弁之助と梅寺太郎という二人に至っては、丁《ちょう》と刀の柄《つか》をたたいた。

「ばかなことを。そりゃ、その気になれば」

「いや、斬れぬ。……おれでも危ない」

と、安兵衛は宙を見ていった。浅野藩切っての遣い手として聞えているのみならず、曾《かつ》て若いころ江戸で、真剣の果たし合いをして十何人か斬ったという実績のある男がいう。

「京へ来るまでに、道中、おれもあやつらを見ておったがな。四人ばかり、ただものでないやつらがおった。おそらくそれが、いまの話の連中だろう。鉄砲はもとよりだが、きゃつら、人間を殺すことなど虫けらほどにも思わぬ恐ろしいやつらだ」

腕ぐみを解いていった。

「見ていたところ、あの四、五人を、ほかのオランダ人たちもはばかっておるようだ。しかも、同じ異人でありながら、ときどき言葉が通じないらしく、その中の一人が通辞をしておる気配であった。きゃつら、ほんとにオランダ人か？」

「なに？」

と、小野寺十内はけげんそうな声を出した。

安兵衛はいった。

「それが、なぜ甲比丹《かぴたん》一行にまじっておるのか。また何のために江戸へゆこうとしておるのか。……これから江戸まで、道中を共にするなら、きゃつら、しかと見張っておる必要があるぞ。十内どの」

十内もこんどの主君の出府には、所用あって同行することになっていた。

二

偶然には違いないが、妙な縁だ。京から桑名へ、浅野家の行列と、オランダ甲比丹の行列は、依然としてあとになりさきになりして下ってゆく。

さて、ここに当時、このオランダ甲比丹一行の一員であった医師ケンプエルの「江戸参府紀行」なるものがある。このころの日本の町々のようすをまざまざと知るのに甚《はなは》だ好都合である。

「大津は近江国《おうみのくに》の最大の町であって、肘《ひじ》のように折れた中央ひとすじの長い道が通り、これより数条の分岐した小路がある。戸数はぜんぶで千はあるであろう。数戸の旅館があるが、この国の風習として、いずれも娼婦《しょうふ》を備えている。

市は一大湖のほとりにあり、湖は遠く北方にのびて、加賀国《かがのくに》に達している。加賀から京都へ送られるすべての貨物は、大津までは水路で運ばれる」

「土曜、日の出前に出発、大津より十三里、土山の村へ向う。大津の町は通過するのに半時間を要したが、わが一行が通る前に、将軍から宮廷への使節が通行したためだといって、この間、家々にはことごとく四角な紙張り燈籠《とうろう》が出され、灯がともされていた」などという描写があるが、これを日本の「柳営日記《りゆうえい》」などと参照してみると、この将軍からの使いが、高家吉良上野介義央《こうけきらこうずけのすけよしなか》であったということも、何となく面白い。

「膳所《ぜぜ》の町筋は東南へ向ってまっすぐにのび、家並は白く塗られている。城は北側にあってなかばは湖水に囲まれ、なかばは市街にめぐらされて、宏大《こうだい》壮麗である。この国の習いで、数層の高い方形の屋根と櫓《やぐら》で飾られている。

この地から江戸までは、街道の両側に松の木をつらね、一里一里を正しく測量して、高い人の背丈ほどの円い塚《つか》を築き、その中央に一本ずつの木を植えて、旅人に、その距離と旅程を知らせるようにしてある」

「水口村では、割《さ》いた籐《とう》で、精巧な笠《かさ》や籠《かご》や簑《みの》を作って売っている。ここで種々の乞食《こじき》に逢《あ》った。みな伊勢へ参宮のゆきもどりする巡礼者であって、われらに対して小遣い銭を強要して大いに悩ます。彼らはその姓名、出生地、巡礼地を記した日笠をかぶっている」

こういう旅のあいだ、堀部安兵衛は、それとなく機会をつかんで、彼ら甲比丹一行の行状を観察していた。

そして、それまで漠然《ばくぜん》と感じていた疑惑を次第に深めてきた。

ちがう。十人あまりの異人のうちで、五人はたしかにちがう。紅毛金髪など、その点はいずれもまさに毛唐人に相違はないが、ちょうど半数ずつ、それぞれ群を作って、ふだんあまり話をしないし、ときには例の五人組の中の三十くらいの男が、おたがいのあいだの通辞をしていることがある。その男をのぞき、あとの四人は――これが京の伏見の廓《くるわ》へいった連中だが、体格までが別の人種のように巨大だ。

のみならず。――

彼らはふだん全身を覆う黒い絹の長衣をつけているが、その下には赤繻子《しゆす》のぴったりした襦袢様《じゆばんよう》のものをつけ、毒々しいほど色鮮やかな絹の帯をしめている。帯には小さな、しかし精巧な短銃や剣をぶら下げ、そのうえ、金色の毛の生えた腕や背に、錨《いかり》やしゃれこうべの刺青《いれずみ》をしたやつさえあるようだ。

伊勢に入って関の宿に泊った或《あ》る朝。――

ケンプエルの紀行にはこうある。

「ここにはおよそ四百軒の人家があって、たいていはみな菅《すげ》、竹皮などを割《さ》き削った多量の火縄《ひなわ》、履物《はきもの》、笠などを売り、子供を街道に出して旅人に買うことをねだり、悩ますこと一通りでない」

前夜の雨のため、この宿へどちらの行列の大半も泊ったが、朝とともに雨があがった。山の樹々《きぎ》の若芽がいっせいに萌《も》え出したような美しい春の朝であった。

出立《しゆつたつ》前に堀部安兵衛は村へ出て、例の四人組が店の火縄を手にとって何やら話し合っているのを見た。一人が低い、しかしよく透《とお》るいい声で鼻唄《はなうた》を歌っている。むろん、奇怪としか聞えない節回《ふしまわ》しだ。じろじろとあたりの町並を見回している碧《あお》い眼は、いずれも甚《はなは》だ軽蔑《けいべつ》的であった。

安兵衛が外に出たのは、どうにも彼らの素性への疑惑が抑えがたくなり、彼らをこのまま江戸へゆかせると、とんでもない一大事が勃発《ぼっぱつ》しそうな予感があって、

「――よし、通辞に」

刀でおどしても、と決心したからであった。この通辞は、むろん一行についている出島の役人である。

彼は、四人の毛唐人のうしろを通って、甲比丹《かぴたん》一行の泊っている脇本陣《わきほんじん》の方へゆき、門から中をのぞきこんだ。

すると、低い唄声が聞えた。いま火縄を売っている店の前で、例の四人の中のだれかが口ずさんでいたのと同じ節回しであった。それが、こちらは日本語なのだ。怪しげな。――

その方を見ると、門内の庭の横に池があって、そのふちの二つの石に、一人の紅毛人と一人の日本の侍が腰を下ろし、その異人の方が歌っているのであった。

この紅毛人は例の五人組の中で、一人、まったく変りだねのばかにおとなしいやつだ。彼だけが甲比丹の一群と親しく語り合い、またいま、あきらかに日本の通辞と話し合っ

ている。それが、南蛮語とかたことの日本語を混えつつ話し、そして二人で相談のあげく、ともかくもこんな唄を歌っているのであった。

「おれはウィリアム・ムーアを殺《や》った、
船路《ふなじ》の中で、船路の中でよ、
おれはウィリアム・ムーアを殺った、
船路の中で、
おれはウィリアム・ムーアを殺って、
血糊《ちのり》に埋めた、
岸遠からぬ船路の中で、船路の中で、
岸遠からぬ船路の中でよ」

この通りに聞えたとしても、堀部安兵衛には何の意味やら見当もつきかねたに相違ない。ましてや、これが極めて怪しげな発音であったから、いよいよ彼にはちんぷんかんであったが、それにもかかわらず、そのぶきみで悲壮な節調は耳にしみ、かつふしぎなことに、なぜか海鳴りの音が聞えてくるような感じであった。

「……やっ、だれじゃ？」

出島の役人はふいに立ちあがった。門からのぞいている安兵衛に気がついたのだ。腹をすえた安兵衛がそこにうっそりと立っていると、彼はこちらにつかつかと歩いて来て、

「どなたでござる」

さすがに武士と見て、言葉を改めていう。

「浅野家の藩士、堀部安兵衛と申すものじゃが」

と、安兵衛はいった。

「出島の御通辞じゃな」

「左様」

「ならば、ちょっとうかがいたいことがある」

「何でござる」

「このたび御参府の御一行、オランダの衆ばかりかな?」

かまをかけた気味があるが、通辞は予想以上の衝動を示した。

「な、なぜそんなことをきかれる」

「それが、万一、そうでないと、御大法にそむき、大変なことになるでな」

「き、貴公、……あちらのお言葉がおわかりか」

「いやなに、ちょっと」

ヨーロッパ語を解する堀部安兵衛など想像のしようもないが、何より出島役人は異常な恐怖に襲われたらしく、判断力を失った眼でこちらを見ていたが、たちまち居丈高《いたけだか》になってわめいた。

「あちらは、日本人とちがう。オランダとイギリス、イスパニアとポルトガルなど、数々の国々のあいだには血が混り合い、いちがいに何処《どこ》の国の人間とはきめつけられぬ場合がある」

「そのひと、ダイミョー、のケライ?」

うしろで、渋味のある声がして、いまの紅毛人が歩いて来た。

「わたし、いちどダイミョーに逢《あ》いたい。仲よくしましょう」

相手は笑った眼で、安兵衛を見下ろしていた。安兵衛は何と挨拶《あいさつ》してよいかわからない。異人はいった。

「わたし、日本、好き」

「に、日本のどこが?」

「一番め、小人《こびと》の国」

「小人の国?」

「それでも、ちゃんと城があったり、祭りをしたり、恋をしたり、何でも一人前にやっているところ」

安兵衛はあっけにとられた。

「二番め。その人間より、犬や馬の方がいばっているところ。この国の将軍は、地球の上でいちばん賢明な君主です」

どうやら、生類憐《しょうるいあわ》れみの令のことをいっているらしいが、この異人の言葉全体は――とにかく日本語のかたちをなしているにもかかわらず、安兵衛には不可解であった。が、どうやら小馬鹿にされているようで、むっとしてにらみつけようとしたが、安兵衛はふいに眼をそらした。

はじめて知ったことだ。どういうわけか僧侶《そうりょ》みたいな感じのするこの紅毛人の眼――笑《え》みを浮かべた、ものしずかな眼が、先刻の四人の大男たちの碧《あお》い火のような眼よりも、なぜか、ぞっとするような恐ろしいものであったことを。

「こ、この御仁は」

わけもわからず、安兵衛はいった。

「名は何と申される」

「わたし？」

と、異人はくびをかしげ、ちょっと笑っていった。

「わたしの名は、そう、レミュエル・ガリヴァー」

三

四日市に到着する前に、彼らはまた吉良上野介に逢《あ》っている。こんどは京から江戸へ

いそいでひき返す吉良を実際に見たもので、ケンプエルは、

「彼の容貌《ようぼう》は立派であって、その随行員は、二つの乗物、あまたの槍持《やりもち》、一頭の飾り馬、七人の騎士及び徒歩の隊士たちであった」

と、記している。

「日本では、将軍と天皇と、どちらがえらいのか?」

というのが、その将軍から天皇への使者を見送ってのレミュエル・ガリヴァー氏の堀部安兵衛への質問であった。安兵衛は数分考えて、

「それは、天皇さまでござる」

と、答えた。

彼らは、関の宿以来、妙に気が合って、それぞれの行列から離れて、彼らだけで歩いているときがあったのだ。もっとも通辞の本木《もとき》太郎左衛門をあいだにおいてのことだが。気が合って――正確にいえば、少なくとも安兵衛の方にはべつに親近感はない。ガリヴァーなる異人の方でそんな機会を作って来るのを、彼の方で好奇心ないし探索心を以《もっ》て受入れただけである。

が、依然として、例の四人の紅毛人の正体はわからない。そもそも安兵衛は何となくかんで、その連中に禍々《まがまが》しい印象をおぼえているだけで、出島のオランダ人そのものについてもべつに詳細な知識を持っているわけではないのだから、正直なところ探索の筋

道さえたたないのだ。

それに質問してもガリヴァーは、あきらかに安兵衛の疑心をそらそうとしているところがあったし、だいいち、はじめは五人組かと思っていたが、よく知って見ると、ガリヴァー一人、また別といった感じもあった。

といって、やはり例の四人と一組であることは事実であり、ただ安兵衛が意外に思ったのは、このガリヴァー氏が、四人とはまったく体質のちがう、学者風ないし僧侶風の肌合《はだあ》いなのに、その四人が、どういうわけか彼に頭があがらない風なのだ。何かのはずみで、頬《ほお》に刀傷のあるその一人を叱《しか》りつけていることがあったが、深い低声なのに、相手は言葉の打撃に耐えかねるかのごとく、眼をとじて、青くなったり赤くなったりしていたほどであった。

安兵衛があっけにとられて見ていると、ガリヴァー氏はふりむいて、

「肉は、魂の奴隷」

といって、ニヤリと笑った。

巨大なからだを持った人間も、一個の精神には及ばない——というような意味だろう、とは安兵衛も漠《ばく》と理解したが、さればとてガリヴァー氏は、べつに厳《おごそ》かな真理を語った風でもなく、その笑いは何やら皮肉で自嘲《じちよう》的ですらあった。

さして日も経《た》たないうちに、そしてまたそれほど接触もしないのに、堀部安兵衛はこ

のガリヴァー氏に対して、ほかの四人にもまして——四人の男の影も薄くなるほど、惹《ひ》かれるのをおぼえた。

　言語もほとんど通じないのだから、なぜ惹かれるのかまったく自分でもわからない。決してやさしい人柄でもなければ面白味のある人物とも見えない。むしろ乾いて、冷やかで、苛酷《かこく》な性格らしいのに、それにもかかわらずこの異人は、ならんで歩いているだけで、いつのまにかどんな相手でも異妖《いよう》な雰囲気《ふんいき》にひきずりこむ一つの深淵《しんえん》であった。

　ただ、世の中の何が面白いか、といった顔をしているくせに、好奇心だけは人一倍強いらしく、いまも——

「天皇とは何か？」

　と、安兵衛にききはじめ、ついに安兵衛は怪しげな知識を動員して、三種の神器まで持ち出す羽目《はめ》に立ち至った。

「剣《つるぎ》？　鏡？　首飾り？　それ、日本で、一番の宝？」

「まあ、左様で」

　と、あいまいにうなずくと、それはいつごろからの宝物で、いかなるもので、どこにあるか、というようなことを、微に入り細をうがって尋ねる。安兵衛には返答のしようがない。彼自身、ほとんど知らないからだ。

　ふいにガリヴァーがけらけらと笑って、向うの言葉で何かしゃべったので、通辞の本

木太郎左衛門の袖《そで》をひいてききだすと、

「皇帝最大の宝にして、そのしるしたる宝が、いかなるものかよく知らない。ふしぎな日本人！」

と、いったそうであった。さらに、通辞はいう。――

「しかし、いちばん尊いものが何であるかを知らぬのは、人類全体がそうであるともいえる」

みなまできかず、彼の笑いにひどく軽蔑《けいべつ》的なものを感じて、

「見たければ、これからまもなくゆく宮で見たらよろしかろう」

と、安兵衛はむっとしていった。

「そこに熱田《あつた》神宮というものがある。それがあるから港の名も宮というくらいで、その神社に、神器の一つたる剣が祭られておるはず。――」

「あの巫女《みこ》も、そこの神社の巫女か?」

と、ガリヴァーがきいた。

四日市に近づくにつれて、あたりの街道を少なからぬ熊野比丘尼《くまのびくに》が歩いていて、それが日本の神に仕える巫女たちであるということは、ガリヴァーはすでに知っていたらしい。

この熊野比丘尼については、ケンプエルも記している。

「私たちはまた数人の比丘尼、すなわち一種の乞食尼僧《こじき》を見た。彼女たちは旅人の心を愉《たの》しませるために、奇異にして粗野な調子の唄を歌いながら、旅人に近づいて、それなりの金銭を得ようとし、わずかの銭を得れば、旅人の欲するままに、いつまでも旅人と行を共にする。

彼女たちは多く山伏の娘であって、この尊い乞食階級の姉妹として神聖視されている。彼女たちの服装は清らかで美しく、頭には黒い絹の頭巾《ずきん》をかぶり、顔を日光に晒《さら》さないためにその上に笠《かさ》をつけている。

その挙止、運動は大胆ではあるが放縦ではなく、従順ではあるが卑《いや》しくはなく、どんな点から見ても、しとやかな中に自由の趣きを保っている。彼女たちの行状を見るに、貧者が銭を乞《こ》うの光景というより、むしろ逸戯《いつぎ》遊楽の目的から出ているかのようである。

その容姿に至っては、この国に於《おい》て見ることの出来るもののうち、最も美しいものの一つである。その愛嬌《あいきょう》と美貌《びぼう》は、旅人をしてそれ以上の喜捨《きしゃ》をなすべく余儀なくさせ、彼女たちもちゃんとそのことを心得ているかのようである。彼女たちは熊野比丘尼と呼ばれ、つねに必ず二人以上相伴って歩く。

彼女たちはこうして乞うて得た収入のうちから、年々多額のものを伊勢に於けるその宮に奉献することになっているという」

要するに、当時の漂泊の売春婦だ。

「……いや、ちがう。あれは熱田神宮の巫女《みこ》ではない」

と、安兵衛がくびをふったことから、では熊野の祭神はだれかということになり、それは天皇の祖先の一族の神ではないかと追及され、さて安兵衛はいくらまた笑われても、これまたあいまい模糊《もこ》たる知識を、汗とともに披露《ひろう》せねばならぬことになった。

しかし、ガリヴァー氏の質問は急にやんだ。

「ああ、私は日本に住みたい」

と、彼はつぶやいた。

「日本に？　日本には住んでおられるではないか」

「いや、出島の小天地にではなく、外に――永遠に、しかも、あの女性たちとともに」

彼は珍しく、夢みるような碧《あお》い眼で、熊野比丘尼のむれをながめやった。

「ジプシーとはまたちがう。神に仕え、漂泊する売春婦の団体、こんなロマンチックな存在が世界にまたとあろうか。私は生まれてからはじめて愛すべき女たちを見た」

これはむろんあちらの言葉で述懐したので、安兵衛は道を歩きながら、本木太郎左衛門の通訳によって知ったのだ。いうまでもなく通訳は粗雑なものであったが、大体の意味をきいて、安兵衛はふしぎに思った。

なぜなら、これまでの道中に、このガリヴァー氏が女性に対する興味を示したことはほとんどなく、むしろ日本の女を見るたびに嫌悪《けんお》のまなざしを見せ、いつか京の廓《くるわ》へほかの四人といったのも、たんなる異国的好奇心以外の何ものでもなかったらしいことを、改めて想起していたからだ。というのも、この人物がこんなウットリした眼を日本の女性に投げたのがはじめての現象だからである。

それにしても、この紅毛人は、どうやらえらい人物のようだが、熊野比丘尼については少々かんちがいをしておる。

と、安兵衛がはじめてガリヴァー氏にちょっとした滑稽《こっけい》と優越感をおぼえて、改めてその背をながめると、そのとき彼は立ちどまって、黒い長い筒を片眼にあてていた。

それが遠眼鏡《とおめがね》であることを、安兵衛はもう知っている。これまで何度かそれを見せられたからだ。

四日市から桑名への海沿いの街道であった。ガリヴァーは、伊勢湾の南の方を見ていた。

「ミスター・ホリベ」

と、彼は笑顔でふりむいた。

「のぞいて見なさい」

安兵衛ににこにこんな表情で近づいて、その遠眼鏡を受けとり、眼にあてた。

日毎《ひごと》に春光をまぶしくして来る大空の下に、海はまんまんと蒼《あお》い潮をふくれあがらせている。その水平線に、遠眼鏡でも小さく、奇妙な影が幻のように浮かびあがり、遠ざかってゆくのが見えた。

「やっ。……船だ」

と、彼はさけんだ。

船だ。しかし日本の船ではない。――安兵衛は長崎にいったことがないから、まだオランダ船を見たことはないが、たしかにそれは異国の船であった。三本の帆柱に無数の帆をふくらませ、しかも安兵衛は気のせいか、まんなかの帆柱の上に、赤地に白いしゃれこうべと骨を染めて出した旗さえ見えるような気がしたのだ。

「あれは……あれは？」

彼はふりむいた。

ガリヴァー氏はくびをふった。それには答えず、いたずらっぽい眼で、いつかのときのより少し上手な日本語で唄を口ずさんでいた。

「おれの名前はウィリアム・キッド
船路《ふなじ》の中で、船路の中でよ、
おれの名前はウィリアム・キッド
船路の中でよ、
おれの名前はウィリアム・キッド
神のおきてを邪魔にして、

悪事の数々してのけた、

船路の中でよ」

堀部安兵衛は春の蜃気楼《しんきろう》を見た思いで、もういちど遠眼鏡を眼にあてたが、いまの妖《あや》しい船影は、もう海原のかなたに消え失《う》せていた。

四

桑名から宮へ、海上七里の渡しをわたる。

船の都合で、オランダ甲比丹《かぴたん》一行の方が先にわたったあと、はげしい風雨となって海が荒れ、浅野家の行列がそのあとを追ったのは、一日おいてのことであった。

さて、夕刻、宮へ着いて――そこで、実に驚倒すべき事件をきくことになったのだ。

宮の本陣に到着した小野寺十内のところへ、ひそかに、しかしあわただしく訪れた客がある。熱田神宮の権宮司《ごんのぐうじ》田島丹波《たんば》であった。

浅野家の京留守居役の小野寺十内はかねてから田島丹波と親交があって、このたびの出府の途次、熱田へお参りすることも連絡してあったらしいのだが、それを待たずに丹波の方から十内を訪れた。

ややあって十内は堀部安兵衛を呼んだ。

「堀部、驚天の大事が出来《しゆつたい》した」

そういった小野寺十内の顔色は人間の生色を失っていた。

「神剣が奪われた」

「――やっ？」

安兵衛ものけぞり返った。

やがてそばに幽霊のように坐った老人を熱田の宮の権宮司田島丹波と紹介され、さて丹波は語り出したが、その声もわななき、発音すら定かでないほどであった。

昨夜、風雨の中に、熱田の宮に凶盗の一団が押し入った。真夜中、鉄砲のような音が聞え、数人の神官が神剣をおさめた八剣宮へ駈《か》けつけたところ、毎夜宿直《とのい》をしている八人の番人、八人の巫女《みこ》がことごとく殺戮《さつりく》されているのを発見したのだ。

番人の大半は斬殺《ざんさつ》または刺殺されていたが、八人の巫女は驚くべきことに一人も残らず、かくしどころからおびただしい出血をしている以外、傷はなかった。しかし、ことごとく絶命していることにまちがいはなかった。

「その恐ろしさもさることながら、神剣のお姿がない！」

むろん、口にするだに畏《かしこ》き神剣を、大宮司すら眼に見たことはない。それは神殿の奥深く螺鈿蒔絵《らでんまきえ》のおん筥《はこ》におさめられ、祭られているのだが、それが消え失せていたというのだ。

「な、なんと！」

さしもの堀部安兵衛も髪も逆立ち、全身の毛穴から血を吹く思いがした。

天津日嗣《あまつひつぎ》の象徴《しるし》たる天 叢 雲 剣《あめのむらくものつるぎ》を盗んで逃げる大凶賊が、この国土の国民《くにたみ》の中に一人でもあろうとは。――

「さ、さ、左様な大凶変、いまだかつて耳にしたこともござらぬ」

「ないことはない。天智《てんじ》天皇のころ。――」

ふるえ声で、田島丹波の語るところによれば、熱田の宮から神剣を盗んで逃げた者がかつてあることはあったという。新羅《しらぎ》の法師道行《どうぎょう》なるものが、神殿に忍び入って御剣《ぎょけん》を盗み、難波《なにわ》に走って新羅へ逃げようと計った。このことは「日本書紀」二十七巻天智天皇の条に、

「是歳《このとし》、法師道行、草薙剣《くさなぎのつるぎ》を盗みて新羅へ逃げ向《ゆ》く。而《しこう》して中路に風雨にあいて荒迷《まど》いて帰る」

と、あるという。

道行は海に迷い、神剣の崇《たた》りであることを知ってついにこれを海に捨てようとしたが、剣はそのたびに飛び帰って、そのからだから離れないので、恐怖のあまり船を返して自首して出た。

それ以来、御剣《みつるぎ》は天皇のおそばにあったが、天皇また病みたまい、これまた御剣の祟

りであることを知られて、これをもとの熱田に返されたという。――

しかし、これはやはり異国人《とつくにびと》の所業だ。日本人のしわざではない。

「が、鉄砲を持った凶賊でござると?」

「それがじゃ」

と、田島丹波がまたうなされたような眼でいう。――昨夜熱田の森の外の一廃寺に、三人の熊野比丘尼《くまのびくに》が雨宿りしていた。それが、その時刻、宮の方から出て来る影を見たが、稲妻に照らされて、その影は四つ、しかも長い合羽《かっぱ》みたいなものを着て、人間とも思われぬ大男のように見えたという。――

「きゃつらだ!」

と、安兵衛はさけんで、がばと大刀をひっつかんだ。

「それきいて、わしも思い当った」

十内がいった。

「堀部、おぬし、あの者どもよう知っておったな?」

「は。――さるにても不敵な痴《し》れ者《もの》、何かただではすまぬやつらとは見ておりましたが、まさかこれほどの大事をやってのけようとは!」

「甲比丹一行は、けさ宮を立って、江戸へ向ったという。――」

「ぬけぬけと。――」

安兵衛は立とうとした。十内が手をあげた。

「わしもゆこう。しかし、安兵衛、待て」

「は？」

「このこと、まことに以《もつ》て天下を衝動させる大事件じゃが――天下を衝動させては相成らぬ。つまり、あくまでも何ぴとにも知られぬうちに神剣をとり戻《もど》さねばならぬ」

十内は深刻な眼でいった。

「おぬしも知るように、江戸の将軍家には朝廷のおんことについてはきわめてお志の篤《あつ》いお方、さればこそ熱田の宮も、太閤《たいこう》さま以来百年ぶりに、御当代さまに至って大々的に御重修あそばされた。そこに、かかる前代未聞の失態が明るみに出てみよ。少なくとも大宮司以下神官一同腹切っても追いつかぬ」

「おお」

「それらのことはいかにもあれ、何としてもこの大凶事は秘事として始末したい。おぬしを呼んで、その助力を請うたのはそのためじゃ。堀部ならば、これを隠密《おんみつ》のうちにとり戻してくれるだろうと思案してのことじゃ」

「相《あい》わかってござる！」

安兵衛はさけんだ。

「お、お願いでござる。われら神官のいのちは知らず、ただ御剣のみは御安泰に。――」

権宮司田島丹波はがっぱとひれ伏した。

ただ主君の内匠頭《たくみのかみ》だけにはひそかにこの変事を告げ、許しを受けて、小野寺十内と堀部安兵衛は、先に出立《しゅったつ》したというオランダ人一行を急追した。

甲比丹一行は岡崎《おかざき》の宿に泊っていた。

二人がその宿の戸をたたいたのは、もう夜明けに近いころであった。そして、出て来た通辞本木太郎左衛門からまたも思いがけないことを耳にしたのだ。

例の四人は、宮についた直後から別れてしまったという。いや、彼らは姿を消してしまったという。——

熱田神宮の凶事をきいて、しかし本木も驚倒し、甲比丹たちをも呼んで来た。オランダ人たちも色を失った。はじめてあの四人の男たちの素性をきいたのである。

彼らはオランダ人ではなかった。イギリス人であった。

しかも、ここ数年前から世界の海を荒らし回っている大海賊キッドなる者とその一味であるという。

その名はウィリアム・キッド。ヨーロッパの暦で一六四五年ごろの生まれというから、一六九七年にあたるこの元禄《げんろく》十年には、五十二、三歳になる。もとはスコットランドの牧師の子だが、のちにアメリカに渡って密貿易に従い、忽然《こつぜん》として海賊に変った。しかもイギリス政府お墨付きの海賊である。

はじめは主として大西洋で、イスパニア、ポルトガル、フランスなどの商船を狙《ねら》ったが、去年ごろインド洋から太平洋へ乗り出して来て、熱帯の海風に酔っぱらったか、相手えらばず、手段えらばず、船といわず陸といわず、掠奪《りゃくだつ》、放火、強姦《ごうかん》、殺戮《さつりく》、まさに天魔のごとき海賊船の首領に変貌《へんぼう》した。配下は一騎当千の凶漢ばかりで、これに襲われたら、ほとんどなすすべもない。

そして、ついに彼は東南アジアでオランダ船をも狙いはじめたのだ。バタヴィア総督オートホルンは震駭《しんがい》し、そのうちいかにしてかキッドと交渉して、ついに一つの取引きをした。それはキッドが日本という国を見物したいという望みを抱いていることを知って、日本と貿易することを許されている唯一の西欧国オランダの基地長崎出島に、キッドを入れてやる代り、以後オランダ船には手を出さないという約束を結んだのだ。

かくてキッドは数人の手下とともに出島に入って、たまたま商館長フォン・ブーテンハイムが恒例により参府するという機会にめぐり逢《あ》うや、その随員に加わることを強請した。

その行状についてはよくよく訓戒しておいたにもかかわらず、ともすればそれが傍若無人《ぼうじゃくぶじん》であったのは、素性が素性であったからだ。しかも、甲比丹《かぴたん》たちはそれを扱いかねた。バタヴィア総督からの内示のゆえのみならず、彼ら自身の凶暴さのせいである。

首領キッドの恐ろしさはいうまでもない。頰《ほお》に傷あとのある黒髯《くろひげ》のティーチは強力無双であり、燃えるような赤毛のデーヴィスはフェンシングの達人であり、義眼のシルヴァーは片眼のくせに、船では大砲、陸に上れば短銃の名手である。そして、何よりも、じかにつき合って見れば、どの男にも、抵抗出来ない凄《すさま》じい迫力があった。

が、ともかくもこの旅行ばかりはおとなしく日本を見物するという約束であったのに——なんぞはからん、ついにかかる大事を仕出《しで》かそうとは！

「道中、この国のすべては貧乏くさく、欲しいものはとんとない、と大軽蔑《けいべつ》のていでござったが、ついに奪うべきものを見つけ出したのでござろうか」

ワナワナとおののきつつ、通辞本木太郎左衛門はいう。——

「しかし、このこと明らかとなれば、われらのいのちはもとより、この甲比丹御一行、いやいや出島そのものの運命もいかが相成るか、絶望のほかはござらぬ。ああ、何たることをしてくれたものか。必ず、必ずわれらの手で捕えて御剣返させますれば、それまでなにぶんとも御内聞に！」

「そちらが騒いで、内聞ですむかよ」

小野寺十内は沈痛にいった。

「そちらの困惑はともあれ、こちらにも公けとなってはこまることがあるのじゃ。よし、こうなっては、われらの手で始末してやる。……たとえ、いかなる凶賊であろうと、ここは海の中の日本国、しょせん外へ逃げられるはずはないが」

ふっと、安兵衛の頭に、数日前に伊勢の海の果てに見たあの怪船の帆影が浮かんだ。

同時にまたあのふしぎな異人ガリヴァーのことも浮かんだ。

「ちょっときくが、あのガリヴァー氏《うじ》もやはり海賊の一味か」

「いや、あれはそうではないようで。――あの御仁の正体はこちらにもよくわかり申さぬが」

と、太郎左衛門はくびをかしげた。

「どうやら牧師――もとは伴天連《バテレン》であったらしゅうござるが、オランダ語に通じておるゆえ、キッドめがいっしょにつれて来たようでござる。それにしても海賊とは縁遠い人柄のようじゃが、どこでキッドの船に乗り込みなされたか、とにかくえたいの知れぬ御仁で。――一昨夜まではわれらといっしょにおったゆえ、熱田の宮の凶行に加わっておらぬことはたしかじゃが、朝になって見ると、これまた姿を消しておったところを見ると」

「やはり、一味だな」

「堀部、追え。きゃつら、東へ逃げたと見るほかはない」

と、小野寺十内はせかせかといった。

「わしはいそぎ宮の本陣に立ち帰り、応援の剣士をえらんでいそぎそなたを追わせよう。相手は五人、いかな安兵衛とて一人では心もとなかろう」

「応援の剣士?」

「されば、梅寺太郎、赤谷弁之助、跡部条七郎――それに仲間の奈良坂百助と麴銀《こうじ》之進を」

いずれも、いつぞやの伏見の騒ぎのめんめんであった。

「わしは、宮の惨事の善後策を講じねばならぬ。堀部、頼んだぞよ」

「かしこまった!」

五

岡崎から東へ、藤川、赤坂、御油《ごゆ》、吉田の宿《しゅく》。

そこへ、押っ取り刀で、小野寺十内に動員された五人の剣客が追いついた。

「大事をきいた。――京で十内どのに叱咤《しった》されたときはむっとしたが、いまにして思い当る。あのとき、きゃつら成敗《せいばい》すべきであった」

地団駄《じだんだ》踏まんばかりにして、梅寺太郎がいう。それもあるが、また、

「死すともこの役目、日本のために果たせよとの殿の御諚《ごじょう》じゃ。もし時を経てなお神剣奪還のこと成らずんば、浅野藩あげて乗り出すほかはない、とのお言葉」

「しかし、そうなれば、すべてが白日《はくじつ》の下《もと》にさらされる」

「それよりも、特にこの秘命受けたわれらの恥辱じゃ」

まなじりを決して、赤谷弁之助、跡部条七郎、奈良坂百助なども口々にいう。そして。——

「見つかったか、堀部、その紅毛の逆賊たちは？」

麹銀之進《こうじぎんのしん》にかみつくようにきかれて、安兵衛は焦燥した眼で首を横にふった。

とにかく、日本である。ひとすじの東海道である。あの異相異形《いぎょう》の五人が、人の目にふれぬはずはない——と思っていたのだが、ここまで来るあいだに、彼は捕捉《ほそく》することが出来なかった。

もう夜の明けた街道を、ちらほらと旅人はやって来る。赤坂の宿《しゅく》で、こういう者どもに逢《あ》いはせなんだかときいても、

「いえ、そんな。……」

と、けげんそうにみな首をふる。

ところが、さらに東へ、御油の宿の手前まで来ると、向うからころぶように駈《か》けて来る数人の旅人があり、さては、とこれをつかまえて問いただすと、果たせるかな、

「見ました！　化物《ばけもの》みたいな大きな紅毛人が、げらげらと笑いながら、東へ。——」

と、うなされたような眼つきでいう。

——きゃつら、ひょっとすると、話にきいた切支丹伴天連《キリシタンバテレン》の妖術《ようじゅつ》でも使うのではない

か？　と安兵衛は考えたほどであった。

　安兵衛からそんな怪異をきかされて、半信半疑の表情をした五人の剣士も、浜名湖の手前新居《あらい》の関所を越えてから、改めて狼狽《ろうばい》しないわけにはゆかなかった。ここは、天下の関所だ。東海道を往来する者は、だれでも役人の眼にふれずにはいられない。その役人が、そんな異人など見たこともないという。――しかるに、そこからいわゆる今切《いまぎれ》の渡し、一里の湖を舟で渡って舞坂《まいさか》の宿につくと、なんとその五人の妖影《ようえい》が東へ歩いてゆくのを見た者があるというのだ。

「今切の渡しをどうしたのじゃ？」

　と、梅寺太郎がうめいた。

「きゃつら、海賊といったな」

　安兵衛はいった。

「ならば、一里の湖など泳いで渡るに何のふしぎもあるまい？」

　海賊キッド！　海賊キッド！　後世にいたるまで、スティーヴンソンの「宝島」や、ポーの「黄金虫《こがねむし》」にその名をとどめる伝説的にして、しかも実在した大海賊キャプテン・キッド。

　これが元禄十年春、忽然《こつねん》として日本に現われたという大怪事を、実は堀部安兵衛や浅野藩五人の剣客は、それほど荒唐無稽《こうとうむけい》とは感じない。荒唐無稽と判断するだけの知識がないのだ。

念頭を灼《や》くのは、ただ夷狄《いてき》の賊に、神国天朝の象徴《しるし》天叢雲剣《あめのむらくものつるぎ》を盗まれた、という事実だけである。しかも堀部安兵衛は、ほかの五人に倍して焦燥していた。

それが日本最大の宝だということを、彼らに――あのガリヴァーに解説したのは自分だという悔恨《かいこん》の思いがあるからだ。いまにしてふりかえれば、ガリヴァーが口ずさんだあの怪しげな唄《うた》の中にもたしかキッドという名があったように思う。あのときはキッドが何者か知るよしもなかったが、あれは自分をからかっていたのだと思う。

ともあれ、いかに破天荒《はてんこう》の凶賊とはいえ、わずかに五人、四面海の日本からついには逃れ得べくもない――と思い、彼らの心事を疑っていたが、しかし次第に安兵衛はその見込みがゆらいで来るのをおぼえた。

例の怪船のことである。きゃつら、どこかの岸にあの船をつけて、海の外へ逃げるつもりでこのたびの大《だい》それたことを企《たくら》んだのではないか？

それに、もう一つ、さらに恐《こわ》ろしい疑いもあった。万一進退谷《きわ》まれば、彼らは神剣を条件として、江戸幕府に何か強談判をしかけるつもりではないか？　一毫《ごう》の傷さえつけてはならぬ不磨《ふま》の御剣《ぎょけん》である。それを以て脅迫されれば、きゃつらの願いがいかに夢想的なものであっても、およそ成らぬことは一つもない！

いや、何よりもまず、彼らがまだ捕捉《ほそく》出来ないことこそ怪事。

いかに東海道とて、道程には山あり、河あり、北へ南へ分れる脇道《わきみち》もある。

「……三つに分れよう」

変幻出没、五彩の逃げ水のごとき曲者《くせもの》の影に翻弄《ほんろう》され、音《ね》をあげた赤谷弁之助がついにいい出した。

「そして、網を曳《ひ》くように、三段で捜索してゆくのだ」

堀部安兵衛は一息思案して、しかしついにその法を認めぬわけにはゆかなかった。思案したのは、この相手の容易ならぬものであることを想起したからであった。どのような大事が出来《しゅったい》する以前から、彼は紅毛人たちが超人的な力を持つ男たちであることを、肌《はだ》で感じている。こちらが分れるのは、それだけ危険だ。——とは思えど、やはりこの際、何はともあれ彼らを発見することこそ焦眉《しょうび》の急。

「……よし、では」

ともかくも、天竜川《てんりゅうがわ》を渡って、見付《みつけ》の宿《しゅく》で三つに分れた。ここより遠江《とおとうみ》。

堀部安兵衛と梅寺太郎。赤谷弁之助と跡部条七郎、奈良坂百助と麴銀之進の三組だ。

これがまちがいのもとであったことは、数日中に明らかとなった。

掛川《かけがわ》の宿で。——

「もしっ」

そこから北へ、いわゆる秋葉山《あきはさん》へゆく豊川道《とよかわみち》に入って消息をたしかめ、またひき返して来た安兵衛と梅寺太郎は、三人の熊野比丘尼《くまのびくに》に呼びとめられた。

「二瀬橋の下で死んでいなさるのは、あなたさま方のお仲間ではございませぬか？」

ケンプエルやガリヴァーは、この漂泊の売春婦をことごとくロマンチックな天使のごとくに描いているが、なに、むろん実態はそんなものではない。――しかし、彼らにこう声をかけた三人は、まだ若く、初々《ういうい》しく、そしてほんとうに天使のように美しかった。

が、むろんこの場合、彼女たちの美貌《びぼう》に眼をとめているいとまはない。

「なんだと？」

「お二人、むごたらしい仏になって」

安兵衛と太郎は、掛川の西を流れる二瀬川のほとりにとって返した。そして、その橋の下に、果たせるかな、赤谷弁之助と跡部条七郎を発見したのである。

むごたらしい死骸《しがい》と熊野比丘尼は報告したが、ききしにまさるとはこのことだ。

両人ともたんなる腕自慢ではなく、安兵衛にしても三本に一本はとられる剣客であったのに、赤谷の方は脳天から、跡部の方は袈裟《けさ》がけに、あばらのすべてを断ち割られ、二つにならんばかりの死骸となっていたのである。

「ただの刀ではない。――」

と、安兵衛は戦慄《せんりつ》してつぶやいた。

「まるで大きな鉈《なた》で切ったようじゃな」

こんな凄《すさま》じい殺傷を与えるものが、日本人にあろうか。――きゃつらだ！　きゃつらがやはりこのあたりに出没しているのだ！

事態は悠長《ゆうちょう》ではなかった。惨劇は相《あい》ついで起った。

日坂《にっさか》から小夜《さよ》の中山をあえぎあえぎ上ってゆくと。――

「もしっ」

また、呼ばれた。上から下りて来た三人の熊野比丘尼であった。

「お仲間の衆がお二人、そこの山中で殺されていなされまする」

愕然《がくぜん》となりながら、堀部安兵衛は、はじめてその三人の女に眼を釘《くぎ》づけにした。同じ女だ。

それにしても、なぜ彼女たちはこちらのことを知っているのか？――しかし、それをきく余裕すらない場合であった。二人は狂乱したように坂を駈《か》け上っていった。

「そこの夜泣きの松から右へ、半町ばかり入ったところ。――」

熊野比丘尼はついて来ていた。安兵衛たちの足を追って、驚くべきことに、息も切らせていない。――

そのことのふしぎをかえりみるいとまあらず、二人はいわれた通り、松と熊笹《くまざさ》の中をかきわけていって、そこに奈良坂百助と麴銀之進の死骸を発見した。

烈《はげ》しい決闘を行なったと見えて、熊笹は踏みしだかれ、杉の枝は折れちらばっている。が、二つの死骸はあまり血を流してはいなかった。ただ両人とも、左眼から出血して死んでいた。

「刀で刺されたのじゃ。しかも――眼からうなじへつきぬけておる！」

安兵衛はうめいた。

「日本の刀ではない。が、みごとな、恐るべき手練《てだれ》じゃ！」

二人は、杉林の中で、青い冷たい雨にでも打たれたように、全身に粟《あわ》を浮かべてこのぶきみな恐ろしい死骸を見下ろしていた。

「……もしっ」

そのひそやかな声がかかったとき、二人はそれまでに倍してぎょっとした。熊笹の中に、先刻の三人の比丘尼がならんでひざまずいていた。

鉦《かね》をたたいて、「血盆経《けつぼんきよう》」を唄い、熊野牛王《ごおう》の札を売り、その実、男たちに春を売って諸国を歩く熊野比丘尼――色を売るくらいだから、毒々しいばかりの化粧をした者も多い中に、これはまた精霊のようにあきらかに美しい三つの顔を、二人はこの場合、悪夢を見る思いで見た。

「お願いがござりまする」

「なんだ」

安兵衛がわれに返って、かみつくようにいった。

「うぬら、怪しき唄比丘尼だ。われらのことをなぜ知っておる?」

「あなたさま方のことというより、御剣《みつるぎ》のことを」

と、一人がいった。

「それを奪った盗人のことを」

「なに? それを、いかにして?」

「熱田の宮の森の外で、その男たちが逃げるのを見ていたのはわたしたちでございます」

卒然として安兵衛は、熱田神宮の権宮司田島丹波がそんな話をしていたことを思い出した。あれが、この女たちであったか。――それにしても。――

「それから、殺《あや》められた八人の巫女《みこ》さまは、わたしたちにほんとうにやさしくして下さいました」

と、三人目の女がいった。

これで事情は少し判明したが、まだわからないところがある。――安兵衛はいった。

「いま、願いがあると申したな。それは何だ」

「わたしたちが御剣をとり返してはいけないでしょうか?」

堀部安兵衛はあっけにとられた。

「おまえたちが――ば、ばかな！」

「……そう仰せられるであろうと思っておりました」

熊野の売春尼たちは顔見合わせて、かなしげにいった。

「わたしたちは御存じのようにいやしき者、それが、事もあろうに御剣をとりもどすなどいう大それたことをいたしましては、ほんとに罰《ばち》あたりな」

「そんなことではない！」

と、安兵衛はさけんだ。

「願いとは、そんなことか。ばかなことを――出来るなら、やって見ろ。いままで討たれた四人の侍《さむらい》、わが朋輩《ほうばい》ながら、世にざらにない遣い手ばかりだぞ。それをかくもやすやすと、芋か大根かのように殺した怪物どもを、女の――しかも、熊野比丘尼が――」

「おゆるし下さいますなら、お礼を申しあげまする」

三人の比丘尼はお辞儀をした。そして低い声でいった。

「わたしたちは、甲賀に生まれた女でございます」

六

「――いました！　異人たちが」

いったん姿を消していた三人の熊野比丘尼が、安兵衛たちの前にまた現われたのは、その日の夕方であった。大井川を渡って、島田の宿《しゅく》へ河原を駈けて来たのだ。

「やっ、どこへ？」

「藤枝《ふじえだ》の宿から南へ――焼津《やいづ》の方へ」

五人は駈けた。島田から二里八丁の藤枝へ。

そこから東海道をそれて海の方へ分れる街道がある。その方へ、五人の紅毛碧眼《へきがん》の海賊たちは、まるで巨大な妖鳥《ようちょう》のごとくひらひらと翔《か》け去ったという――。

藤枝からまた一里以上も走りつづける。あたりは茫々《ぼうぼう》たる春の草原となり、その果てから潮の匂《にお》いがして来た。日は暮れかかって、仄白《ほのじろ》い、しかし大きな月がのっと上って来ていた。

焼津。――その昔、日本武尊《やまとたけるのみこと》が賊に襲われ、四面から火をつけられて危急の際、剣がひとりでに飛びめぐって、あたりの草を薙《な》ぎ払ったという故事から発した地名。おお、そのときの草薙剣こそ、いま奪われた神剣ではないか。――

しかし、安兵衛たちは、そんな因縁を回顧する頭脳を持たなかった。なんとこの場合自分たちが追っている五人の大賊のことすら念頭から消し飛んでしまったのだ。

「あっ……あれは何だ？」

五人は棒立ちになった。

草の向うに海が見えていた。その海に一隻の船が浮かんでいた。船は三本の檣《ほばしら》に無数の帆をふくらませた異国の船であった。それは幻のごとく妖々《ようよう》と近づいて来た。まるで草の向うから湧《わ》いて来るように、徐々に徐々に大きく。

あたりに人影はなかった。音もなくそよぐ草原、南風に吹かれる白いまるい月、鉛色にけぶる海、そしてこの妖異《ようい》なる船——その檣には、これだけくっきりと、大腿骨《だいたいこつ》のぶっちがいに骸骨《がいこつ》を白く染めぬいた真っ赤な旗がはためいて——彼らは、ここが日本ではないような気がした。

いや、ここはまるで現実のものではない幻想の世界のようであった。

すると、そのときどこかで音がした。実際人間の声ではない、怪鳥のさえずりのように聞えたが、あきらかにそれは怪しげな日本語の唄声《うたごえ》であった。

「おれはこの手に聖書を持ってた
船路《ふなじ》の中で、船路の中でよ、
おれはこの手に聖書を持ってた
船路の中でよ、
おれはこの手に聖書を持ってた
おやじのきつい命令で、
なれどそいつを砂ン中に埋めた

船路の中でよ」

うなされたように堀部安兵衛はさけんだ。

「あいつだ！」

彼はあのガリヴァーの唄を思い出したのだ。しかし、節調は同じでも、それは数人の男たちの酔っぱらったような濁《だ》みた唄声であった。

「や……あそこにおる！」

梅寺太郎が指さした。

いままで、どうして見つからなかったのであろう――おそらく船に眼を奪われていたせいにちがいない――はす向うの小さな砂丘のかげから、自然と五つの影が湧《わ》き出した。

「おお、船から小舟が下ろされるぞ。あれに乗せて逃げるのじゃ、堀部！」

太郎のさけびが聞えたのであろう。砂浜の五人がふりむき、顔見合わせ、そのうち一人を残して、四人がゆっくりとこちらへ歩いて来た。

「やはり、来たか。――」

先頭に立っているのはガリヴァーであった。

「待ちなさい、ミスター・ホリベ」

彼だけ表へ合羽《かっぱ》様《よう》のものを裾《すそ》まで羽織り、あとの三人はそれを投げ捨てて、代りに赤や青の三角帽子をかぶり、胴のしまった赤繻子《あかじゅす》のチョッキから麻のひだ飾りをのぞかせ、色鮮やかな帯を巻いていた。そのうち一人は膝《ひざ》に短銃をぶら下げ、あとの二人はそれぞれ長い剣と彎曲《わんきょく》した剣をきらめかしつつ吊《つ》っている。

「そこから来るな」

ガリヴァーはいって、自分たちも立ちどまった。

「来れば、死ぬだけ」

「神剣を返せ」

安兵衛はさけんだ。ガリヴァーはくびをかしげた。

「アメノムラクモノツルギ？」

「おお、その御剣《みつるぎ》を返せ」

「返す代り、話ある。――」

「なんだ？」

「わたし、まだ日本にいたい。わたし、日本に置いてくれるなら」

「厚顔なことを！」

安兵衛は吐き出すようにいって、しかし近づいて来る小舟を眺《なが》め、神剣のゆくえを思って、声をしぼった。

「まず、神剣を返せ。さもなければ――」

「わたし、知らない」

おそらく不自由な日本語のせいであったろうが、人を小馬鹿にしたようなこの言葉に、いままで焦《じ》れていた梅寺太郎が、安兵衛の横から猛然と走り出した。一刀抜きはらい、うしろにひっさげて。

それと見て、いままで理解出来ない日本語の応酬を、これまたいらいらしたようにきいていた三人の海賊が、ガリヴァーのうしろから大股《おおまた》に歩き出して来た。安兵衛もまたこれに駈け向う。

「ああ！」

追おうとして、ガリヴァーは絶望したような声をあげて立ちすくんだ。

白いまるい月を背に、日本の二人の剣士とイギリスの三人の海賊は、草原の中に相対《あいたい》峙《じ》した。すでにこのとき、二人の海賊は腰の刀を抜いている。しかし、安兵衛と梅寺太郎をつつむ一種異様な、寂寞《じゃくまく》たる——必死の剣気にのまれたか、二人もぴたと動かなくなった。

堀部安兵衛に相対《あいたい》したのは、真っ黒なひげに顎《あご》を覆われ、頬《ほお》に傷あとのある、雲つくような巨漢であった。全身筋肉の瘤《こぶ》のかたまりのようで、それが物凄《ものすご》い彎刀《カトラス》をぶら下げている。それで打ってかかられればもとよりのこと、安兵衛の方でそのからだに斬《き》りつけてもぴいんと筋肉ではね返されるかと思われた。

掛川で、赤谷弁之助と跡部条七郎を虐殺したのはこやつにちがいない。——

梅寺太郎と向い合ったのは、燃えるように赤い髪を持った、これまた物干竿《ものほしざお》みたいに背が高いが、見るからにしなやかなからだを持つ海賊であった。これが左半身に構え、左手をうしろにのばし、右手にまるい大きな鍔《つば》のついたまっすぐな長い剣をビューッと前へつき出していた。

小夜の中山で、奈良坂百助と麴銀之進を惨殺したのはこやつにちがいない。——もう一人の男は、やや離れて、両手を腰にあてて、仁王《におう》立ちになって見物の態《てい》であった。唇《くちびる》はにんまりと笑い、片眼が銀のような無気味なひかりを放っている。

凝縮した鉛色の大気の中で、この男がへんな抑揚で歌い出した。

「おれの獲物《えもの》は黄金《きん》の延棒九十本
船路《ふなじ》の中で、船路の中でよ
おれの獲物は黄金の延棒九十本
船路の中でよ
おれの獲物は黄金の延棒九十本
そのうえ色とりどりの貨幣まで
無限の富を手に入れた
船路の中でよ」

おそらく逃走の途中、ガリヴァーからこの日本の歌を教えられて、面白がっておぼえたものだろう。――しかし、ガリヴァーよりもさらにへたくそで、それだけにいっそうぶきみな唄声であった。

「寄るなっ」

安兵衛がさけんだ。うしろからひらひらと漂って来るような三つの影――三人の熊野比丘尼の姿を感じたからだ。

その絶叫をどうきいたか。――

前面の黒髯《くろひげ》の彎刀《カトラス》がぶんとあがった。まるで真っ黒な旋風のごとく、それが天空から安兵衛のからだに襲いかかった。

黒旋風のふちを、安兵衛は駈《か》けぬけた。

「オーオ！」

野獣のような咆哮《ほうこう》とともに、彎刀は夕空に舞いあがっている。そのさきに、毛だらけの腕を一本くっつけて。

その彎刀を一髪の差でかわし、駈けながら一瞬に、堀部安兵衛の抜き打ちの一閃《いっせん》が相手の右腕を肩のつけねから切断したのだ。

七、八歩走って、安兵衛はくるっとふりむいた。――いまの咆哮にまじって、きいっというようなちがう悲鳴がながれたような気がしたからだ。

梅寺太郎はのけぞっていた。その片眼から後頭部にかけて、赤髪の海賊の長剣がつらぬいていた。その長い足があがって、どうと太郎の胸を蹴《け》りあげた。まっすぐな刀は抜け、太郎は一間《けん》もすっ飛んでころがった。

「梅寺！」

絶叫とともにその方へ躍りかかろうとした堀部安兵衛は、すぐ横に立って見物していた男の動作にただならぬものをおぼえて、またぱっと飛びずさり、棒立ちになった。

義眼の海賊——シルヴァーは腰の短銃をぬきあげて、ぴたりとこちらへ向けていた。

同時に赤髪のデーヴィスは長剣をむけたままこちらに歩み寄り、うしろに両膝《りょうひざ》ついて苦悶《くもん》していた黒髯のティーチも丸太みたいな左腕に、ふたたび大彎刀を拾いあげて立ちあがろうとしている。

七

三方からの殺気の交錯するところ、堀部安兵衛はまさに必殺の地にあった。

なかでも、シルヴァーの短銃のひきがねにかけられた指は、いとも無造作《むぞうさ》にあわや曲がらんとした。——それを一瞬止めたのは、

「ウエイト！」

と、いうようなガリヴァーのさけび声である。

彼はもういちど三人の仲間を見やり、十字を切ってまた何かいった。これに対して片膝だけついてふりかえった黒髯《くろひげ》のティーチが猛然と吼《ほ》え返した。ガリヴァーが猶予《ゆうよ》を請うたのを、憤怒《ふんぬ》を以《もっ》て拒否したらしい。

しかし、一瞬待ったがために、ほかからの異変が生じた。

「オーオ!」

シルヴァーがまたさけんだ。

両眼ともに義眼と化したかのような顔のむけられた方角を、あとの二人も見た。ガリヴァーも見た。堀部安兵衛も見た。

なかんずく、いちばん大きく眼をむき出したのは安兵衛であったかも知れない。彼らはそこに、きものをかなぐり捨てて全裸になった三人の熊野比丘尼《くまのびくに》を見たのであった。

驚きが一息。海にのぼった春の満月をあびて、しかも一帯銀灰色の蒸気につつまれて、その中に浮かぶ三個の女体《にょたい》を、人魚のように美しいと見たのもまた一息である。三つと息をつかないうちに、安兵衛は鈴をふるような声をきいた。

「忍法女陰成仏《にょいんじょうぶつ》!」

三匹の人魚の真っ白な腹部に縦ひとすじの切れ目が走った。と、それがみるみるくびれこみ、両側に柔らかな陰翳《いんえい》を持つふっくらとした肉が盛りあがった。このとき三人の女人は、その顔までが消滅して、ただ黒髪のみが残り、それが嫋々《じょうじょう》と吹きなびいて、その全体をふちどった。

見る者には永劫《えいごう》のながさを思わせる時間であったが、そこにはしとどに濡《ぬ》れ、うすも色に息づき、むせ返るような芳香を発する——三個の、しかも女身大の女陰があった！

それを怪《かい》と見る意識は、安兵衛の脳髄から失われている。足の方から熱い血がぎゅーっと頭に上ると、彼は棒立ちになり、硬直してしまった。

「忍法男根成仏！」

そんな声をまた遠くきいたが、それはまるであの白い満月から降って来た声のようであった。

全身火のように熱し、ズッキズッキ脈打ち、脳天からいまにも血潮か何かがほとばしりそうだ。

そして、彼は見た。草原の中に立つ四本の大男根を。

いや、それらはいずれももとのままの衣服をまとっているが、なぜか安兵衛にはそれが男根に見えたのだ。だいいち、にゅっとつきさした首が一大肉塊となって、亀頭《きとう》そっくりだ。——なんと、立とうとして地にもがいていた彎刀《カトラス》の男さえも、両足そろえて直立している。

「言え！」

第一の女陰の奥から声がながれた。

「御剣《みつるぎ》のありかを！」

赤い陰毛をそよがせたひょろ長い男根は、どうやら長剣で梅寺太郎を刺し殺した男らしかったが、それが脳天の先から何やらいったようだ。

しかし、それは異国語であったから、何の意味やらわからない。——

このとき、港の方には小舟がつき、どやどやと新しい異人の水夫が飛び下り、そこに残っている見るからに豪壮な海賊の一人と声高《こわだか》に話しながら、こちらを指さしていた。

「キャプテン」「キャプテン」という声がひときわ高くひびいた。

やや焦《あせ》ったように、女陰の一つが、デーヴィスらしい男根に二、三歩近寄ると、その赤い陰毛に覆われた大肉筒は、いきなりその方へななめに傾き、春の夜空にビューッと白濁した液体を奔騰《ほんとう》させて、どうと前へ倒れ、動かなくなった。

浜の方から、海賊たちが駈けて来た。

「早く言え！」

第二の女陰が、一点妙な銀光を発する第二の男根シルヴァーらしい肉筒に近づくと、これまたえたいの知れぬ声とともに、おびただしい白濁液を噴出させて転倒する。

駈けて来た海賊たちが立ちどまった。この怪異にぎょっとしたらしい。

「言わぬか！」

第三の女陰が、黒毛の男根に迫ると、怪声一番、やはり白汁をほとばしらせつつころがる。これは黒髯のティーチらしい。

海賊たちが何やらわめくと、彼らはもと来た港の方へ逃げ出した。三つの女陰はその方へ流れるように移動した。途中でみるみる裸身の比丘尼に復原しつつ。——

「ど、どうしたのじゃ？」

安兵衛はうめいた。これは自分に問いかけたのだ。

忽然《こつねん》として彼もまたもとのからだに戻《もど》るのを自覚していた。ただし、まだ頭がしびれているようだ。彼は草の上に眼を落し、これまたもとの姿に返った三人の海賊が、口から仄《ほの》かな月光にも白くひかるものを大量に吐いて倒れているのを見た。たしかめるまでもなく、あきらかに彼らは絶命していた。

「グッドバイ、キャプテン・キッド」

うしろでつぶやく声がした。

復原したガリヴァーがそこに呆《ほう》けたように立って、浜の方を眺《なが》めやっていた。小舟に飛び乗ったもう一人の雄偉な海賊と水夫たちは、狂ったように海の上の帆船の方へ逃げてゆく。

三人の女が砂浜に達したときは、もう一人一人顔さえはっきりしない距離に遠ざかっていて、ふいにうす暗い潮煙の中から、豆を煎《い》るような数発の銃声が聞え、三人の女が砂上に身を伏せるのが見えた。

「逃がしたか！」

安兵衛はわれに返り、身ぶるいし、夢中で走り出そうとした。

「しまった！　ついに神剣を奪われた！」

「剣、日本にある」

安兵衛は立ちどまった。ガリヴァーはいった。

「キッドは捨てた」

「なに？」

「キッド、隠した」

安兵衛は躍りあがった。

「キッドが、神剣を隠したというのか。どこへ？」

「知らない。わたしに教えない」

例によって、とぼけた返事である。――しかし、彼は白ばくれているというより、心から悲しそうな顔をして、何か物想《ものおも》いにふけっていたようであった。

これだけの大罪を犯して、たった一人とり残されて、しかもべつに恐怖も悲嘆も絶望も感じていないらしいこの人物に、安兵衛はややあっけにとられた。

「剣、どこかにあるはず。わたし、日本に残って探す」

「き、気楽なことを申すな。生きて日本に残るつもりか」

「わたし、死ねば、剣、わからなくなる」

ついに安兵衛は、ガリヴァーの手をつかんでさけび出した。

「いったい、どうしたというのだ？」

そこへ、三人の熊野比丘尼がよろめくように駈け戻って来た。そして、自分たちの未熟のために、かんじんの盗賊の首領を神剣もろともとり逃がしてしまったことを、身もだえしてわびた。

この比丘尼たちの先刻の、言語を絶する妖法《ようほう》への疑惑もさることながら――この場合、それよりも安兵衛はガリヴァーのいまの妙な言葉にひっとらえられていた。

ガリヴァーはもとの地点から離れて立って、海の方を眺めていた。月明と潮煙の中を、怪船は妖々《ようよう》と遠ざかってゆく。

「グッドバイ」

と、彼はまたつぶやいた。

八

「ガ、ガリヴァー氏《うじ》」

安兵衛はその前に向って必死にきいた。

「いま申されたこと、もういちど申して下されい」

これに対してガリヴァーは改めて説明しはじめた。恐ろしく怪しげな日本語で、しかも通辞がいないので、きいているうち安兵衛は自分の頭がどうかなるのではないか、と髪をかきむしりたくなったほどであったが、長い時間を費して、ともかくもきき出したことは、実に意外な事実であった。

――熱田《あつた》の神剣を盗み出したのは、自分の言葉が暗示となったかも知れないが、決して自分がすすめたものではない。そんな罪を犯すことなく、自分はもう少し日本に滞在してエドなどを見物したかった。

――とにかく、しかし彼らは、日本最大の秘宝という誘惑に抵抗しがたく、血まみれの大罪を犯して、神剣を強奪して逃げた。自分もいっしょに日本にやって来た同国人だから、どうしても彼らと行をともにしないわけにはゆかなかった。

すると、逃走の途中から、キッドは耳鳴りみたいに一つの声をきくようになった。

「首を吊《つ》られる、罪の酬《むく》いで、可哀そうなキッド、千日のうちに」

これが絶えず聞えるのだ。

「そ、それは日本語で？」

と、安兵衛は妙な顔をしてきいた。

「いや、キャプテン・キッド、日本語、わからない。イギリス語で——しかも、女の声で」

「おお、それは天照大神《あまてらすおおみかみ》じゃ」

と、安兵衛はさけんだ。天照大神が英語をおしゃべりなされるとは、無学にしてまだきいたことがないが、しかしそうとしか考えられない。

「それに」

と、ガリヴァー氏は首をかしげていった。

「キッド、失望したらしい」

「し、神剣にか」

「黄金もなければ、宝石もない」

「あ、あたりまえじゃ！　御剣《みつるぎ》の尊さはそんなことにはない。し、しかし、あの金髪の曲者《くせもの》めが、なんと御剣を拝観したのでござるか！」

腸《はらわた》もちぎれるように安兵衛はさけんだ。

「よ、ようもその眼がつぶれなんだもの。——」

「いや、それ以来、たしかに眼も耳も霞《かす》んで来たようじゃ。とにかくキッドは、急に気力衰え、剣に対する執着を喪失した」

と、いうような意味のことをガリヴァーはいい、さて、つづけるのだ。

いて、

――そこに私が、彼を非難し、かつ剣を返して日本人に謝罪するようにしつこくすすめるものだから、ついにキッドも半ばそれを受け入れる気持になり、半ば私に悪意を抱いて、

「では、剣は置いてゆく」

と、いい出した。船が来ることになっている焼津《やいづ》への道に入ったころからだ。

「しかし、それはガリヴァー、おまえさんが探せ」

と、いって、配下に私を眼かくしさせた。

「おまえさんが探し出して、日本人と取引き出来るなら、勝手にしたらよかろう」

そして、あの浜辺についたときは、もうキッドたちの身のまわりに神剣を入れた筥《はこ》はなかった。――

「キッド、盗んだ宝、みなイギリスに持って帰らず、世界の島々に埋めておく癖、あるのです。もしイギリスで具合悪くなったとき、逃げ出して、また掘り出すためでしょう」

「そ、それでは、御剣はこの焼津のあたりにあるのでござるか？」

「そう思う。シルヴァーがどこかへ消えていたから」

「では、このあたりを掘れば。――」

といったが、安兵衛は急に困惑した眼でうしろをふり返った。

「焼津に来る道に入ってからといわれたな」

「イエス」

藤枝《ふじえだ》からここまでは一里半以上もある。その間、森あり、野あり、河ある一帯から、埋められたただ一本の剣を探し出す。それが容易なことであろうとは思われない。――しかし、はじめてガリヴァーが「神剣のゆくえを知らない」といったことや、「私を殺せば、神剣のありかがわからなくなる」といった意味があきらかになった。

「そ、それがどこに埋めてあるか、どうしてもわからないのでござるか」

「見つけたら、私のエド見物、ゆるすか」

安兵衛はガリヴァーをにらみつけた。

どうやら彼は、はじめからあの船に乗る気はなく、まだ日本にいるつもりであったらしい。図々《ずうずう》しいといおうか、気楽といおうか、安兵衛の常識を超えているが――しかし、この際、彼は、

「よろしかろう」

と、いわざるを得なかった。いかなる条件でも、一刻も早く神剣を手に入れるという大事にはかえられぬ。

「では」

と、ガリヴァーが歩き出したとき、いままでやや離れたところで、不安そうにこちら

の問答をきいていた三人の熊野比丘尼《くまのびくに》が、たまりかねたようにこちらに歩いて来た。

するとと、ガリヴァーは、

「うひゃ……」

というような奇声を発した。

「あっちへ、あっちへ！」

泳ぐように手をふる。その眼には途方もない恐怖のひかりがあった。

いままでばかに落着いていたのが、この突然の狼狽《ろうばい》ぶりを見せたのは、はじめわけがわからなかったが、卒然として安兵衛は先刻のこの三人の女の怪術を思い出した。ガリヴァーは、よほどあれに懲《こ》りたと見える。

「わたし、日本に残って、あの女性たちといっしょ、旅したかった！　しかし、もう、それやめた。あの女性たち、恐ろしい。地上の女、みなきらいにさせたほど、恐ろしい女たち！」

とぎれとぎれに、ガリヴァーはそんなことをさけんだ。

彼の恐慌《きょうこう》は安兵衛にも理解出来ないでもなかった。それどころか、思い出すと彼自身、さけび声をあげたくなるほどだ。

「相すまぬが」

と、彼は女たちに一礼して、悲鳴のようにいった。

「しばらくあちらでひかえておれ」

女たちはおとなしく立ちどまった。

ガリヴァーはそれを眼の隅《すみ》で見て、やおら海賊シルヴァーの死骸《しがい》のそばに近づいた。しゃがみこんで、その服のあちこちを探っているようだ。それから、首をかしげて考えこんだ。

ふいに彼は手を打って、見ていた安兵衛があっとさけんだようなことをやった。うつろにあけたままのシルヴァーの片眼に指をつっこむと、いきなりそれをほじくり出したのだ。それは義眼であった。

「あった！」

その奥から、ガリヴァーは何やらつまみ出して、それをひろげた。一枚の紙であった。

「おお、しかし、これは！」

彼のさけび声がただごとでない絶望的なひびきをおびていたので、安兵衛は近づいて月光にのぞきこんだ。

紙片にはいちめんにわけのわからない文字がかきつらねてあった。

53‡‡+305》6*,4826(8+060‡+‡?56;4860》85;I‡(;‡※8+83(88)5※+;4688;96

9;485;;49565−4)8?,40628‡‡4069285)4‡‡‡I(‡‡4808 I;85;4)485+

*81？；；188‡？；

「これは、ガリヴァー氏《うじ》の国の文字でござるか？」

と、安兵衛は狐《きつね》につままれたような顔をした。

「ああ、そうであったら、どれほどよかったろう。――これはイギリスの言葉ではない！」

ガリヴァー氏は頭をかきむしった。この人物がこんな苦悶《くもん》の身ぶりを見せたのは珍しいことであった。

「これはキッド仲間の暗号にちがいない！」

安兵衛には英語であっても同様だ。彼は不安そうに問いかけた。

「で、結局、神剣の埋蔵場所はわからぬのか？」

九

堀部安兵衛とガリヴァーは江戸へいった。
いっしょに――ではない。安兵衛は、やがて追って来た浅野家の行列に加わり、ガリヴァーは、やはりそれと前後してやって来たオランダ甲比丹《かぴたん》の行列に入って、べつべつに江戸へいったのである。

ガリヴァーをふたたび甲比丹一行に加えさせたのは、安兵衛の周旋であった。そのほかに法はなかったのだ。

ガリヴァーは、あの紙片の符牒《ふちょう》を、これは海賊キッドたちが神剣を埋めた場所を表わした記号であるといった。暗号である以上、きっと法則がある。法則がある以上、必ず解ける。――ただ、それには若干《じゃっかん》の時間が必要である。乞《こ》う、藉《か》すにしばしの時を以《もっ》てせよ――と、彼はいうのであった。

この際、彼に頼るしかない。安兵衛自身は完全にお手あげだ。

が、ついに大海賊の首領キッドはとり逃し、五人の朋輩《ほうばい》は殺され、神剣のゆくえは不明となってしまった以上、彼の心は憂悶《ゆうもん》にとざされざるを得ない。彼は二つの行列のはるかうしろを、トボトボと歩いて来る三人の熊野比丘尼の姿など、眼中にも脳中にもなかった。

二月十四日――陽暦にして三月三十一日――江戸へついて以来、安兵衛が鉄砲洲《てっぽうず》の浅野屋敷から、連日のごとく本石町《ほんこく》のオランダ甲比丹定宿《かぴたんじょうやど》の長崎屋へ通《かよ》って、火のつくようにガリヴァー氏を督促《とくそく》したことはいうまでもない。

「いましばらく、いましばらく」

ガリヴァーは恐れ入り、しかし思考の袋小路を脱するためだといって、安兵衛に江戸の市中見物の案内をさせた。

で、ガリヴァー氏は、こうして元禄《げんろく》の江戸を心ゆくまで探険したのである。サクラの江戸を、カブキの江戸を、ヨシワラの江戸を、そしてまたお犬さまの江戸を。ちょうど生類憐《しょうるいあわ》れみの令が最高潮に施行された時代であった。

お犬医者というものがあって、六人肩の駕籠《かご》に乗り、若党、草履取《ぞうりとり》、薬箱持ちなどをつれて、そっくり返ってねり歩く。中野にある野犬収容所は十六万坪にわたり、一頭ずつ節なし総檜《そうひのき》の小屋におさまり、中には厚綿の蒲団《ふとん》がしいてある。これをつかさどるものはお犬総奉行《ぶぎょう》六千石という高禄《こうろく》で、下に犬小屋お奉行、お犬同心数十人とその職制は壮観をきわめる。

犬ばかりではない。二人が見て回った市中でも、過重の荷を馬につませたといって、往来で役人に鞭打《むちう》たれている男があった。溝《みぞ》の水を往来にまいたのは、ぼうふらを殺すことだといって、役人に眼の玉の飛び出るほど叱《しか》りつけられている女があった。

ガリヴァー氏はそんな風景を見て、抱腹絶倒《ほうふくぜっとう》した。

「いや、江戸に来た甲斐《かい》があった。こんな面白い国を作る人民があろうとは、私の空想も及ばぬ」

以前、恐ろしく気むずかしい人間のように見えていたが、これが江戸に来てから、とめどもなく笑うのだ。

「一つの国の物語としては、材料が豊富過ぎる。三つ、四つの国家に分けて書くことが出来るな」

安兵衛はガリヴァー氏のつぶやきの意味もわからなかった。ただ、彼は焦燥した。熱田の宮から神剣が紛失したことは、いつまでも秘事として保たれるはずがない。――彼は、このガリヴァー氏が、江戸見物の愉《たの》しみをいつまでも味わうために、故意にあの暗号文が解けないという策略を弄《ろう》しているのではないかとさえ疑った。

オランダ甲比丹が江戸へ到着してからもう二十日以上も過ぎる或《あ》る日、堀部安兵衛は鉄砲洲の江戸屋敷を出て、偶然、往来で三人の熊野比丘尼を見出した。

「あ……そなたらは」

と、駈け寄った。

三人は、ていねいにお辞儀をした。頬をういういしくあからめて、どうみても巷《ちまた》の春《しゅん》婦《ぷ》とは思われない。

その中の一人が、小声で、神器のゆくえをきいた。安兵衛が首を横にふると、彼女たちは顔見合わせ、涙さえ浮かべた。

「やはり、気にかかるか」

「それは、日本の女でございますもの。――」

当然とはいえ、つくづくとふしぎな女たちだとも思う。しかし、それよりも、このと

き、

「そうだ」

と、安兵衛は手を打った。或ることを思いついたのだ。

「おぬしたち、本石町の甲比丹定宿長崎屋へいって、二、三日或る異人の給仕をしてくれぬか？」

「え、わたしたちが？」

「例のキッドの仲間だ。仲間であって、仲間でない、変な異人じゃが、あの御仁が、そこでいま、神剣のゆくえをしるしてあるらしい符牒《ふちょう》を研究しておるが、なかなか思うように参らぬようす。それをおまえたちが傍《そば》から責めはたいてやってくれ」

彼はもう三人の女の手をとらんばかりにしていった。

「いや、そなたらがそばにおるだけで、何よりの鞭《むち》となる。あの御仁は、奇妙な女嫌《ぎら》いらしい。何なら、その女嫌いめに例の——男根成仏《じょうぶつ》とやらをもういちど喰わせてやってもよいぞ。長崎屋にはおれから話す。さあ、ゆこう」

堀部安兵衛につれられて現われた三人の比丘尼《びくに》を見て、案の定ガリヴァーは一大恐慌のていを示した。

安兵衛の見込んだ通りであった。

三日とたたないうちに、ガリヴァーはキッドの暗号を解いたのである。憮然《ぶぜん》として彼はつぶやいた。

「インスピレーション最大の源泉は苦痛にある」

さて、例のわけのわからない符牒はことごとくイギリス文字の変形であって、それを通辞の助けをかりて日本語に直すと、こういう文句になるというのであった。

「焼津《やいづ》の野赤き地蔵の堂にてよき眼鏡四十一度十三分南東微北本幹第七枝松《えだまつ》の洞《ほら》より射る樹《き》より弾を通じて五十フィート外方に直距線」

堀部安兵衛は唖然《あぜん》とした。

「――な、なんのことやら、ちっともわからぬ」

「それは、わたし、そこにいって説明しよう。二、三日のうちにも、甲比丹《かぴたん》、長崎へ向って立つ。そのついで、ないしょでまた焼津にゆこう」

そして彼は、遠眼鏡《とおめがね》をとり出した。

「よい眼鏡とは、この眼鏡のこと。船乗りには、眼鏡とはこれ以外にない。――きっと、うまくゆく。それでわたし、心地よく長崎へ帰れることになる」

「長崎へいって――ガリヴァー氏《うじ》、まだ当分御滞在でござるかな？」

「ああ、あそこ、物語の情想縺るに、至極ふさわしいところ。これだけ手柄をたてれば、長崎奉行も、甲比丹も、わたし、あそこに置いてくれるだろう」

そしてガリヴァー氏は、うすきみの悪い笑いを浮かべた。

「首を吊《つ》られる、罪の酬《むく》いで、可哀そうなキッド、千日のうちに。――と、アマテラスオーミカミが予言、なされたとか。千日たってから、わたし、イギリスに帰ることにしよう」

十

元禄十年三月十二日――陽暦にして四月二十七日――オランダ甲比丹の一行は江戸を離れて長崎へ向った。これに、ひそかに堀部安兵衛と小野寺十内が加わった。

藤枝から、ガリヴァーと通辞だけがオランダ人一行から分れて、十内、安兵衛といっしょに焼津に向った。

彼らが、その昔日本武尊《やまとたけるのみこと》が火の草を薙《な》がれたという野の一画《かく》から神剣の筥《はこ》を探し出した経過については割愛する。それを拾って、慟哭《どうこく》一刻、やがて十内が勇躍して熱田へ向う早駕籠《かご》に打ち乗ったことはいうまでもない。

「グッドバイ、ミスター・ホリベ・ヤスベ」

と、ガリヴァー氏は、はじめてなつかしげに安兵衛にいった。彼と通辞は、さきにいった甲比丹一行にふたたび加わるのだ。

安兵衛の手を握ってから、ガリヴァー氏はふと思いついたように、紙片に何か書いて渡した。

「何年かのち、オランダ語に訳されたこんな物語が、もし出島《でじま》に来たら、このタローザエモンにきかせてもらいなさい。きっと、日本のこと、出て来るはず」

安兵衛はその紙片に眼を落した。

「Travels into Several Nations of the World by Lemuel Gulliver or Jonathan Swift」

彼にとっては、先日の奇怪な符牒《ふちょう》と同じことであった。

あっけにとられている安兵衛に、オランダ風の発音で、本木太郎左衛門がどもりながら読んだ。

「レミュエル・ガリヴァー諸国遍歴記……ガリヴァー、或《あ》いは、ジョナサン・スウィフト」

二人の乗った駕籠《かご》が山陰《やまかげ》に消えたあと、草の葉ずれの音に、安兵衛はふりむいた。青い草の上に、三人の熊野比丘尼が微笑《ほほえ》んでいた。さっきからそこにひっそりと坐っていたらしい。

「奇態な異人じゃ」

めんくらった顔にみずから照れて、にがにがしげに安兵衛はいった。

「あの御仁……悪人とは思えぬが、長崎に腰をすえられると、日本国のためにならぬような気がしてならぬ……一刻も早く、追い出した方がよいように思う。神剣のことなど、得意気にしゃべりちらされてもこまる」

彼は眼をあげていった。

「そなたたち、長崎へいって、あの異人を追い出してくれぬか？」

「それが日本のためと仰せられますなら」

と、彼女たちはいった。

そして、一礼して、草原を飛ぶ者の精霊のように、北の山陰の方へ駈け去った。——そのうしろ姿が消えてから、安兵衛は愕然《がくぜん》と夢から醒《さ》めたように、

——はて、あの女ども、いったい何者であったろう？

と、改めて考えこんでいたのである。

はじめて堀部安兵衛は、あの漂泊の野の巫女《みこ》たちに対して仄《ほの》かないとおしさをおぼえた。彼は二、三歩追い、ふと気がついたように手の紙片を投げすてた。

スウィフト作「ガリヴァー旅行記」の予告は、蒼《あお》い海の方へヒラヒラと飛んでいった。

（本編中キッド・バラッドの訳は別枝達夫氏の「キャプテン・キッド」によります）

解説

細谷正充

二〇二四年十月に、ちくま文庫から刊行したアンソロジー『大江戸綺譚　時代小説傑作選』は、幸いにも好評を博すことができた。ということで、さっそく第二弾を作ることが決定。

タイトルを見てもらえれば分かるが、今回のテーマは〝東海道綺譚〟である。このテーマは編集者から提示され、軽い気持ちで引き受けた。なぜなら江戸時代に整備された主要道路である五街道の中で、江戸と京を結ぶ東海道が、もっとも有名だからだ。十返舎《じっぺんしゃ》一九《いっく》の滑稽本『東海道中膝栗毛』を始め、東海道を舞台にした作品は江戸時代から存在する。

また時代小説に目を向ければ、江戸から京へ運ばれる三万両を巡り、さまざまな人物が入り乱れる野村胡堂《のむらこどう》の伝奇小説『三万両五十三次』や、密命を受けた眠狂四郎《ねむりきょうしろう》が東海道を西に向かう柴田錬三郎《しばたれんざぶろう》の『眠狂四郎孤剣五十三次』など、多数の作品が書かれているのだ。

だから作品セレクトも簡単かと思ったが、実際に探し始めて頭を抱えた。

たしかに東海道を舞台にした作品は多い。しかし同じ場所を扱った物語を並べたくはないので、時間をかけて本や雑誌を当たった。さらに、優れた作品であっても〝綺譚〟でなければ、採るわけにいかない。諸般の事情で、これだと思いながら、採れない作品もある。四苦八苦しながらなんとかセレクトしたが、結果的には面白い作品を揃えることができて満足している。

「江戸珍鬼草紙」入江鳩斎・作　菊地秀行・訳

トップは、井上雅彦監修の書き下ろしアンソロジー【異形コレクション】の『江戸迷宮』に収録された本作に決めた。東海道の起点である日本橋を舞台にしているからだ。ちなみに井上は本作の紹介で、菊地秀行の時代小説に触れながら、

　このような江戸文学における日頃の研究鍛錬の成果であろうか、なんと本作、菊地秀行自らが、知られざる戯作者による浮世草紙の一篇を発掘したものであるらしい。

と書いているが、もちろん作者に付き合ったお遊びである。野暮を承知でいうが、そのような体裁の作品なのだ。ショートショートなので詳しい内容は避けるが、日本橋に突如として奇妙な獣が現れ、奉行所には奇妙な訪問者が現れる。その正体は何か。はっ

きりと書かれていないが、最後まで読めば誰でも理解できるだろう。そして作者の奇想に感心してしまうのである。

「柳女」京極夏彦

京極夏彦の人気作「巷説百物語」シリーズから本作を採ることができたのは、大きな喜びである。このシリーズは、作者が好きで好きでたまらない「妖怪」と、テレビ時代劇「必殺」シリーズのテイストを組み合わせている。晴らせぬ恨みや難儀な問題を、妖怪という概念を利用して、小股潜りの又市一味が解決していくのだ。

本作の舞台は、東海道五十三次の一番目の宿場になる品川である。北品川宿の入口にある「柳屋」という旅籠は、祟り呪いの風聞のある柳を抱え込むようにして建てられている。とはいえ旅籠は長年にわたり繁盛していた。だが、今の主人の吉兵衛《きちべえ》が、いつの頃からか柳の隣に建てられた祠《ほこら》を壊してしまった。以後、吉兵衛は四人の妻を失い（離縁もあり）、流れた子も含めれば三人の子を失っている。

これは柳の祟りなのだろうか。その吉兵衛の五人目の妻になるという八重は、又市一味の山猫廻しのおぎんの昔馴染みだった。誰の依頼によるものなのか又市一味は、この柳の祟りの件に介入していく。

植物の怪異を描いたホラー小説は少なからずある。本作も最初はそう思わせるが、

「柳屋」の周囲の人々の証言によって、見えていた風景が違ってくる。

いったい何が真実なのかと混乱しているうちに、ストーリーは容赦なく進行。騒動が落着した後に、柳の祟りの真相が明らかにされるのだ。

これが怖い。怖すぎる。世の中で本当に恐ろしいものは何かということを、あらためて考えさせられた。

「死神の松」澤田瞳子

いままでに何十冊もアンソロジーを作ってきて分かったが、作品を採りやすい短篇集というものがある。一例を挙げると、本作が収録されている『関越えの夜　東海道浮世がたり』だ。人情話からホラーまで、各話の内容がバラエティに富んでおり、どんなテーマであっても、だいたい当てはまる作品があるからだ。しかも、すべて優れた物語である。おまけに舞台が東海道と、本書のテーマにドンピシャなのだ。嬉々として本作を選んだのは、いうまでもない。

浅草の地回りの与五郎《よごろう》は、女房同然のお紋の首を絞めていた男を、殺してしまった。といっても与五郎が殺人を犯すのは、これが初めてではない。その生い立ちから、喧嘩相手が泣くと無性に憎しみが募り、今までにも何人か殺してしまっていたのだ。また、自分を拾ってくれた八田の勘兵衛《かんべえ》から頼まれ、何人も死体の始末をしている。そんな与五郎だが、今回はお紋も関わっていることであり、二人で江戸を逃げだした。しかしお紋は、箱根で関抜けを企んだ際、関役人に捉えられた。ひとり逃げ続ける与五郎だが、沼津の千本松原で恐るべき光景と遭遇するのである。特異な人生を歩んでいた男の行きつく先を描いた、ラストが忘れ難い。

「精進池」永井紗耶子

国道一号線の最高地点の近くに、精進池《しょうじんがいけ》という池がある。池畔には元箱根石仏や石塔が並び立っている。東海道からは、ちょっと外れるのだが、一篇くらいは寄り道してもいいと思い、精進池の奇譚である本作を選んだ。なによりも作者初の伝奇小説なので、この機会に取り上げたかったのである。

本作が収録された、操觚の会編の『妖《あやかし》　ファンタスティカ2　書下し伝奇ルネッサンス・アンソロジー』は、各作品の最後に作者の「ｎｏｔｅ」が付されている。そこで作者は、日本の昔話を集めていたときに、精進池に棲《す》まう美しい蛇神と、庄次という青年の恋と災いの物語を知り、実際に池を訪ねたと記している。そして、

今回、「伝奇を書く」という貴重な体験をいただき、せっかくならば、私の中で印象に残るあの「精進池」を書きたい。そこで「今と昔」、「人と人外」、「虚と実」の境

を書きたいと思いました。

といっている。本作は、昭和二年の横濱のバーから始まるが、読めばこのスタイルが作者の狙いを表現するために必要だったことがよく分かる。時空を跨いだ怪異を堪能してもらいたい。

「ばんば憑き」宮部みゆき

『大江戸綺譚』収録の「安達家の鬼」に続き、本書でも宮部作品に登場してもらった。舞台は東海道五番目の宿場の戸塚。雨に降られて宿に逗留している、佐一郎とお志津は、江戸は湯島天神下で小間物商を営む「伊勢屋」の若夫婦だ。

といっても佐一郎は「伊勢屋」の分家の生まれであり、どこを見込まれたのか、十歳になると本家の一人娘であるお志津の婿に決められた。本家の種馬か、都合のいい道具といったところである。そのことは佐一郎も理解しているが、夫婦の仲はよかった。

だが、お松という老女が相部屋になり、お志津の我儘な面が露わになった。さらにお松の過去の話を聞き、佐一郎の心は揺れるのだった。

このお松の話によって、タイトルの〈ばんば憑き〉の意味が分かると、恐怖が高まっていく。しかも、そこから佐一郎の心の奥にある絶望と孤独を抉り出すのだ。このラストに、人間のやりきれなさを見つめる、作者の冷徹な眼差しがある。

「ガリヴァー忍法島」山田風太郎

東海道の起点から始めたアンソロジーならば、最後は終点である京の三条大橋の出てくる作品にしたい。そう思って本や雑誌をひっくり返したが、これという物語が見つからない。そこで発想を変えて、京の都から江戸に向かう話を探してみた。するとこれぞ綺譚という作品があるではないか。風太郎忍法帖の一篇である。ただしこの作品、ある程度ネタバレしなければ面白さが説明できないので、未読の方はまず作品に目を通していただきたい。

時は元禄十年。オランダ甲比丹《かぴたん》一行と、播州赤穂《ばんしゅうあこう》藩浅野《あさの》内匠頭《たくみのかみ》の大名行列は、たまたま前後しながら東海道を下り、江戸を目指していた。京の伏見の遊郭で、甲比丹一行のうちの四人が傍若無人な振る舞いをしたことを知った、赤穂藩馬廻り役の堀部《ほりべ》安兵衛《やすべえ》は、これが縁になり、問題のある四人と他の甲比丹一行の間で通訳をしている、レミュエル・ガリヴァーと親しくなった。

いやまあ、この名前だけでガリヴァーの正体は察せられる。後に赤穂浪士のひとりになる安兵衛とガリヴァーの組み合わせに驚くが、物語はここからが本番。熱田神宮から神剣・天叢雲剣《あめのむらくものつるぎ》が奪われるのだ。

神剣を奪った一味の正体。神剣を取り戻そうとする安兵衛に協力する、三人の熊野比丘尼《びくに》のくノ一。エドガー・アラン・ポーの「黄金虫」を意識した暗号。『ガリヴァー旅行記』誕生の経緯。これだけのネタをひとつにまとめて、奇想横溢の物語を創り上げているのだ。とんでもない傑作である。

以上六篇、さまざまなタイプの綺譚を集めたつもりである。驚異と恐怖に満ちた東海道の旅を、楽しんでいただきたい。

（ほそや・まさみつ／文芸評論家）

底本一覧

菊地秀行　「江戸珍鬼草子」入江鳩斎・作　菊地秀行・訳
（『異形コレクション　江戸迷宮』井上雅彦監修　光文社文庫　二〇一一年）

京極夏彦　「柳女」（『巷説百物語』角川文庫　一九九九年）

澤田瞳子　「死神の松」（『関越えの夜　東海道浮世がたり』徳間文庫　二〇一七年）

永井紗耶子　「精進池」（『妖ファンタスティカ2』操觚の会編　アトリエサード　二〇一九年）

宮部みゆき　「ばんば憑き」（『お文の影』角川文庫　二〇一一年）

山田風太郎　「ガリヴァー忍法島」（『武蔵忍法旅　山田風太郎忍法帖短編全集8』ちくま文庫　二〇〇四年）

本書は、ちくま文庫オリジナル編集です。

本書収録の作品には、今日の人権意識に照らして不当・不適切と思われる語句や表現が含まれるものがありますが、作品の執筆当時の時代的背景及び文学的価値とにかんがみ、そのままといたしました。

文豪怪談傑作選・特別篇
文藝怪談実話
東雅夫編

日本文学史を彩る古今の文豪、彼らと親しく交流した芸術家や学究たちが書き残した慄然たる超常現象記録を集大成。岡本綺堂から水木しげるまで。

文豪怪談傑作選
三島由紀夫集
三島由紀夫
東雅夫編

川端康成を師と仰ぎ澁澤龍彦や中井英夫の「兄貴分」であった三島の、怪奇幻想作品集成。「英霊の聲」ほか怪談入門に必読の批評エッセイも収録。

文豪怪談傑作選
幸田露伴集
幸田露伴
東雅夫編

鏡花と双璧をなす幻想文学の大家露伴。神仙思想に通じ男性的な筆致で描かれる奇想天外な物語は圧巻。澁澤、種村の心酔した世界を一冊に纏める。

文豪怪談傑作選
折口信夫集
折口信夫
東雅夫編

神と死者の声をひたすら聞き続けた折口信夫の怪談アンソロジー。物怪たちが跋扈活躍する「稲生物怪録」を皮切りに日本の根の國からの声が集結。

京極夏彦が選ぶ！
水木しげるの奇妙な劇画集
水木しげる
京極夏彦編

熱烈水木ファンの京極夏彦が集めた、隠れた水木劇画の数々。鬼太郎シリーズやベートーベンなど、ちょっと奇妙でアダルトな水木ワールド！

名短篇ほりだしもの
北村薫
宮部みゆき編

「過呼吸になりそうなほど怖かった！」宮部みゆきを震わせた、ほりだしものの名短篇。だめに向かって／三人のウルトラマダム／少年／穴の底ほか。

読まずにいられぬ名短篇
北村薫
宮部みゆき編

松本清張のミステリを倉本聰が時代劇に!? あの作家の知られざる逸品からオチの読めない怪作まで厳選の18作。北村・宮部の解説対談付き。

教えたくなる名短篇
北村薫
宮部みゆき編

宮部みゆきを驚嘆させた、時代に埋もれた名作家・長谷川修の世界とは？ 人生の悲喜こもごもが詰まった珠玉の13作。北村・宮部の解説対談付き。

名短篇、ここにあり
北村薫
宮部みゆき編

読み巧者の二人の議論沸騰し、選びぬかれたお薦め小説12篇。となりの宇宙人／冷たい仕事／隠し芸の男／少女架刑／あしたの夕刊／網／誤訳ほか。

名短篇、さらにあり
北村薫
宮部みゆき編

小説って、やっぱり面白い。人間の愚かさ、不気味さ、人情が詰まった奇妙な12篇。華燭／骨／雲の小径／押入の中の鏡花先生／不動図／鬼火／家霊ほか。

向田邦子ベスト・エッセイ
向田和子編
いまも人々に読み継がれている向田邦子。その随筆の中から、家族、食、生き物、こだわりの品、旅、仕事、私……、といったテーマで選ぶ。（角田光代）

田中小実昌ベスト・エッセイ
大庭萱朗編
東大哲学科を中退し、バーテン、香具師などを転々とし、飄々とした作風とミステリー翻訳で知られるコミさんの厳選されたエッセイ集。（片岡義男）

妹たちへ
矢川澄子ベスト・エッセイ
早川茉莉編
澁澤龍彥の最初の夫人であり、孤高の感性と自由な知性の持ち主であった矢川澄子。その作品に様々な角度から光をあて織り上げる珠玉のアンソロジー。

山口瞳ベスト・エッセイ
小玉武編
サラリーマン処世術から飲食、幸福と死まで。——幅広い話題の中に普遍的な人間観察眼が光る山口瞳の豊饒なエッセイ世界を一冊に凝縮した決定版。

有吉佐和子ベスト・エッセイ
岡本和宜編
歴史から社会まで、幅広いテーマを扱った昭和を代表するベストセラー作家。その探究心、行動力を窺い知るエッセイやルポルタージュの作品集。

色川武大・阿佐田哲也ベスト・エッセイ
大庭萱朗編
二つの名前を持つ作家のベスト。文学論、落語からタモリまでの芸能論、ジャズ、作家たちとの交流も。阿佐田哲也名の博打論も収録。（木村紅美）

井上ひさしベスト・エッセイ
井上ユリ編
むずかしいことをやさしく……幅広い著作活動を続け、多岐にわたるエッセイを残した「言葉の魔術師」井上ひさしの作品を精選して贈る。（佐藤優）

開高健ベスト・エッセイ
小玉武編
文学から食、ヴェトナム戦争まで——おそるべき博覧強記と行動力。「生きて、書いて、ぶつかった」開高健の広大な世界を凝縮したエッセイを精選。

柴田元幸ベスト・エッセイ
柴田元幸編著
例文が異常に面白い辞書。名曲の斬新過ぎる解釈。そして工業地帯で育った日々の記憶。名翻訳家が自ら選んだ、文庫オリジナル決定版。

杉浦日向子ベスト・エッセイ
杉浦日向子
初期の単行本未収録作品から、若き晩年、自らの生と死を見つめた名篇までを、多彩な活躍をした人生の軌跡を辿るように集めた、最良のコレクション。

洲之内徹 ベスト・エッセイ1
洲之内徹　椹木野衣 編

凄惨な戦争体験に裏づけられた人間洞察と、定見を軽々と超えていく卓抜な文章で、美のなんたるかに肉薄する驚異の随想集。（椹木野衣）

洲之内徹 ベスト・エッセイ2
洲之内徹　椹木野衣 編

思想の意味を見失い、放蕩と諦観の果てに著者が見出した美の「誠意」とは？　最初期の批評を含む名随筆を集めたアンソロジー第2弾。（椹木野衣）

吉行淳之介 ベスト・エッセイ
吉行淳之介　荻原魚雷 編

創作の秘密から、ダンディズムの条件まで。「文学」「男と女」「紳士」「人物」のテーマごとに厳選した、吉行淳之介の入門書にして決定版。（大竹聡）

森毅 ベスト・エッセイ
森毅　池内紀 編

まちがったって、完璧じゃなくたって、人生は楽しい。稀代の数学者が放った教育・社会・歴史他様々なジャンルに亘るエッセイを厳選収録！

高峰秀子 ベスト・エッセイ
高峰秀子　斎藤明美 編

複雑な家庭事情に翻弄され、芸能界で波瀾の人生を歩んだ大女優・高峰秀子。切れるような感性と洞察力で本質を衝いた傑作エッセイを精選。（斎藤明美）

異界を旅する能
安田登

「能」は、旅する「ワキ」と、幽霊や精霊である「シテ」の出会いから始まる。そして、リセットが鍵となる日本文化を解き明かす。（松岡正剛）

夏目漱石を読む
吉本隆明

主題を追求する「暗い」漱石と愛される「国民作家」をつなぐ資質の問題とは？　平明で卓抜な漱石講義十二講。第2回小林秀雄賞受賞。（関川夏央）

古本で見る昭和の生活
岡崎武志

古本屋でひっそりとたたずむ雑本たち。忘れられたベストセラーや捨てられた生活実用書など。それらを紹介しながら、昭和の生活を探る。（出久根達郎）

ここが私の東京
岡崎武志

本と街を歩いて辿った作家の〈上京&東京〉物語。佐藤泰志、庄野潤三から松任谷由実まで。草野心平を増補収録。挿絵と巻末エッセイ＝牧野伊三夫

古本大全
岡崎武志

古本ライター、書評家として四半世紀分の古本仕事の集大成。書籍未収録原稿や書き下ろしも多数収録したベスト・オブ・古本エッセイ集。

家が呼ぶ　朝宮運河編

ホラーファンにとって永遠のテーマの一つといえる「こわい家」。屋敷やマンション等をモチーフとした逃亡不可能な恐怖が襲う珠玉のアンソロジー！

宿で死ぬ　朝宮運河編

瀟洒なホテル、老舗の旅館、秘湯の湯煙……古今東西さまざまな怪奇譚の舞台となってきた「宿」をテーマに、大人気作家たちの傑作短編を一挙に集結！

ロボッチイヌ　獅子文六　千野帽子編

長篇作品にも勝る魅力を持ちながら近年は読むことができなくなっていた貴重な傑作短篇小説の中から、男性が活躍する作品を集めたオリジナル短篇集。

沙羅乙女　獅子文六

遠山町子は一家を支え健気に暮らす。そんな彼女に惹かれる男性が現れ幸せな結末かと思いきや、恋敵や父の思わぬ行動で物語は急展開……。（安藤玉恵）

やっさもっさ　獅子文六

デコボコ夫婦が戦後間もない〈横浜〉を舞台に、個性的過ぎる登場人物たちと孤児院の運営をめぐって繰り広げるドタバタ人間ドラマ。（野見山陽子）

金色青春譜　獅子文六

静かなブームを巻き起こす獅子文六の長篇デビュー作となった表題作ほか、雑誌「新青年」に掲載された初期の貴重な作品をまとめた小説集。（浜田雄介）

父の乳　獅子文六

父への慕情、息子への愛情、家族への想いが結実した600頁を超える自伝的作品。昭和を代表する作家の一人、獅子文六を知るための最重要作品。

わたしの小さな古本屋　田中美穂

会社を辞めた日、古本屋になることを決めた。倉敷の空気、古書がつなぐ人の縁、店の生きものたち……。女性店主が綴る蟲文庫の日々。（早川義夫）

出久根達郎の古本屋小説集　出久根達郎

一冊の本にもドラマがある。古書店を舞台に繰り広げられる本と人との物語。23編をセレクトしたオリジナル・アンソロジー。（南陀楼綾繁）

野呂邦暢　古本屋写真集　野呂邦暢　岡崎武志／古本屋ツアー・イン・ジャパン編

野呂邦暢が密かに撮りためた古本屋写真が存在する。2015年に書籍化された際、話題をさらった写真集が増補、再編集の上、奇跡の文庫化。

小説　浅草案内　半村良

バブル直前の昭和の浅草。そこに引っ越してきた独り暮らしの作家。地元の人々との交流、風物、人情の機微を虚実織り交ぜて描く。（いとうせいこう）

火の島　新田次郎

昭和40年、絶海の孤島・鳥島は大地震の危機に晒されていた。前兆に脅える技術者たちの心理を描く中編表題作の他2短編科学小説を収載。（熊谷達也）

三島由紀夫レター教室　三島由紀夫

五人の登場人物が巻き起こす様々な出来事を手紙で綴る。恋の告白・借金の申し込み・見舞状等、一風変ったユニークな文例集。（群ようこ）

肉体の学校　三島由紀夫

裕福な生活を謳歌している三人の離婚成金。〝年増園〟の例会はもっぱら男の品定め。そんな一人がニヒルで美形のゲイ・ボーイに惚れこみ……。（群ようこ）

反貞女大学　三島由紀夫

魅力的な反貞女となるためのとっておきの16講義（表題作）と、三島が男の本質を明かす「第一の性」収録。（田中美代子）

新恋愛講座　三島由紀夫

恋愛とは？　西洋との比較から具体的な技巧まで懇切丁寧に説いた表題作、「おわりの美学」「若きサムライのために」を収める。（田中美代子）

命売ります　三島由紀夫

自殺に失敗し、「命売ります。お好きな目的にお使い下さい」という突飛な広告を出した男のもとに、現われたのは？（種村季弘）

三島由紀夫の美学講座　三島由紀夫　谷川渥編

美と芸術について三島は何を考えたのか。廃墟、庭園、聖セバスチァン、宗達、ダリ。「三島美学」の本質を知る文庫オリジナル。

文化防衛論　三島由紀夫

「最後に護るべき日本」とは何か。戦後文化が爛熟した一九六九年に刊行され、各界の論議を呼んだ三島由紀夫の論理と行動の書。（福田和也）

恋の都　三島由紀夫

敗戦の失意で切腹したはずの恋人が思いもよらない姿で眼の前に。復興著しい、華やかな世界を舞台に繰り広げられる恋愛模様。（千野帽子）

私小説 from left to right　水村美苗

12歳で渡米し滞在20年目を迎えた「美苗」。アメリカにも溶け込めず、今の日本にも違和感を覚え……。本邦初の横書きバイリンガル小説。

続　明　暗　水村美苗

もし、あの『明暗』が書き継がれていたとしたら……。漱石の文体そのままに、気鋭の作家が挑んだ話題作。第41回芸術選奨文部大臣新人賞受賞。

星間商事株式会社社史編纂室　三浦しをん

二九歳「腐女子」川田幸代、社史編纂室所属。恋の行方も友情の行方も五里霧中。仲間と共に「同人誌」を武器に社の秘められた過去に挑む!?　（金田淳子）

変《か》半《わり》身《み》　村田沙耶香

孤島の奇祭「モドリ」の生贄となった同級生を救った陸と花蓮は祭の驚愕の真相を知る。悪夢が極限まで疾走する村田ワールドの真骨頂！　（小澤英実）

ラピスラズリ　山尾悠子

言葉の海が紡ぎだす、〈冬眠者〉と人形と、春の目覚めの物語。不世出の幻想小説家が20年の沈黙を破り発表した連作長篇。補筆改訂版。　（千野帽子）

初夏ものがたり　山尾悠子　酒井駒子絵

初期のファンタジー『オットーと魔術師』収録の表題作品を酒井駒子の挿絵と。みずみずしさとまばゆさを含んだ、鮮やかで不思議な印象を残す4作品。

箱の中のあなた　山川方夫ショートショート集成　山川方夫　日下三蔵編

日本文学に大きな足跡を残した夭折の天才・山川方夫のショートショート作品を日下三蔵氏の編集で送る全2巻。1巻目は代表作「親しい友人たち」収録。

あるフィルムの背景　結城昌治　日下三蔵編

普通の人間が起こす歪んだ事件、そこに至る絶望を描き、思いもよらない結末を鮮やかに提示する。昭和ミステリの名手、オリジナル短篇集。

熊　撃　ち　吉村昭

人を襲う熊、熊をじっと狙う熊撃ち。大自然のなかで、実際に起きた七つの事件を題材に、孤独で忍耐強い熊撃ちの生きざまを描く。

平成古書奇談　横田順彌　日下三蔵編

鬼才・横田順彌による初書籍化となる古書ミステリ。主人公の馬場浩一が馴染みの古書店で出会う古書をきっかけに本にまつわる謎に巻き込まれる。

シェイクスピア全集（全33巻）
シェイクスピア
松岡和子訳
シェイクスピア劇、個人全訳の偉業！ 第75回毎日出版文化賞（企画部門）、第69回菊池寛賞、第58回日本翻訳文化賞、２０２１年度朝日賞受賞。

芥川龍之介全集（全8巻）
芥川龍之介
確かな不安を漠然とした希望の中に生きた芥川の全貌。名手の名をほしいままにした短篇から、日記、随筆、紀行文までを収める。

梶井基次郎全集（全1巻）
梶井基次郎
「檸檬」「泥濘」「桜の樹の下には」「交尾」をはじめ、習作・遺稿を全て収録し、梶井文学の全貌を伝える。一巻に収めた初の文庫版全集。（高橋英夫）

太宰治全集（全10巻）
太宰治
第一創作集『晩年』から太宰文学の総結算ともいえる『人間失格』、さらに『もの思う葦』ほか随想集も含め、清新な装幀でおくる待望の文庫版全集。

夏目漱石全集（全10巻）
夏目漱石
時間を超えて読みつがれる最大の国民文学を、10冊に集成して贈る画期的な文庫版全集。全小説及び小品、評論に詳細な注・解説を付す。

中島敦全集（全3巻）
中島敦
昭和十七年、一筋の光のように登場し、二冊の作品集を残してまたたく間に逝った中島敦——その代表作から書簡までを収め、詳細小口注を付す。

樋口一葉 小説集
樋口一葉
菅聡子編
一葉と歩く明治。作品を味わうと共に詳細な脚注・参考図版によって一葉の生きた明治を知ることのできる画期的な文庫版小説集。

樋口一葉 日記・書簡集
樋口一葉
関礼子編
一葉が小説と同様の情熱で綴った日記、文庫版初となる書簡、緑雨・露伴・半井桃水ほかの回想記・作家論を収録した作品集、第二弾。

宮沢賢治全集（全10巻）
宮沢賢治
『春と修羅』、『注文の多い料理店』はじめ、賢治の全作品及び異稿を、綿密な校訂と定評ある本文によって贈る話題の文庫版全集。書簡など2巻増巻。

ロートレアモン全集（全1巻）
ロートレアモン（イジドール・デュカス）
石井洋二郎訳
高度に凝縮された反逆と呪詛の叫びと静謐な慰藉の響き——24歳で夭折した謎の詩人の、極限に紡がれた作品を一冊に編む。第37回日本翻訳出版文化賞受賞。

ちくま文庫

東海道綺譚《とうかいどうきたん》　時代小説傑作選《じだいしょうせつけっさくせん》

二〇二五年五月十日　第一刷発行

編　者　細谷正充（ほそや・まさみつ）
発行者　増田健史
発行所　株式会社　筑摩書房
東京都台東区蔵前二―五―三　〒一一一―八七五五
電話番号　〇三―五六八七―二六〇一（代表）
装幀者　安野光雅
印刷所　三松堂印刷株式会社
製本所　三松堂印刷株式会社

ISBN978-4-480-44034-1　C0193